Wolf von Angern Todeszeit

Wolf von Angern war Rechtsanwalt von Beruf. Unter mehreren Pseudonymen verfasst er seit vielen Jahren Artikel für bekannte Zeitschriften und überregionale Zeitungen. An über 30 Buchprojekten war er als Autor, Mitautor oder Ghostwriter beteiligt. Er lebt abwechselnd in Berlin oder auf dem Stammsitz seiner Familie in Schweden.

Wolf von Angerns Urgroßvater war ein preußischer Kriminalpolizei-Inspektor. Louis Maria Helfricht von Angern (1846–1936), ein enger Freund Theodor Fontanes, klärte bis zu seiner Pensionierung im Jahr 1910 zahlreiche schwere Verbrechen auf. Bei einigen Fällen lieferte der berühmte Schriftsteller wichtige Hinweise, die wesentlich zur Überführung der Täter beitrugen.

Wolf von Angern

Todeszeit

Louis von Angern ermittelt
Ein Fontane-Krimi

Bild und Heimat

ISBN 978-3-95958-017-5

1. Auflage

Umschlaggestaltung: fuxbux, Berlin
Umschlagabbildung: © akg-images
Druck und Bindung: GGP Media GmbH, Pößneck

Ein Verlagsverzeichnis schicken wir Ihnen gern:
BEBUG mbH / Verlag Bild und Heimat
Alexanderstr. 1
10178 Berlin
Tel. 030 / 206 109 – 0

www.bild-und-heimat.de

Für meinen Urgroßvater
Louis Maria Helfricht von Angern (1846–1936)
und natürlich für Claudia von KH

Namensverzeichnis

Ackermann, Conrad – Leichenbeschauer
Angern, Louis Maria Helfricht von – Kriminalinspektor
Angern, Florentine Therese von – seine Tochter
Angern, Therese von – seine Ehefrau
Angern, Trauthelm Louis von – sein Sohn
Altmann-Babzien, Leopold – Gymnasiast
Appuhn, Richard – Landmann
Arnstedt, Julius von – Werkführer
Bärenzung, Paul – Kriminalkommissar
Banck, Hermann – Bahnhofsvorsteher
Baudessin, Franz von – Kreisphysikus
Beguelin, Hugo von – Staatsanwalt
Bismarck, Otto Fürst von – Reichskanzler a. D.
Caprivi, Leo Graf von – Reichskanzler
Dennerlein, Sally – Prostituierte
Depaubourg, Cosima – Hausdame
Eppstädt, Eduard – Gendarm

Fontane, Theodor – Dichter
Fontane, Emilie – seine Frau
Fontane, Mete – seine Tochter
Frankenberg-Ludwigsdorf, Emil von – Richter
Germershausen, Dr. Eugen – Lehrer a. D.
Jorbandt, Robert – Assistent des Leichenbeschauers
Kröchlendorf, Oscar von – Essigfabrikant
Landshoff, Simon – Mörder
Madeheim, Gustav – Pedell
Plettner, Hans – Schaffner, Schutzmann
Richthofen, Bernhard Freiherr von – Polizeipräsident
Schlagenthin, Heinrich Graf von – Sekretär des Reichskanzlers
Seepolt, Georg – Berufsverbrecher
Unruh, Arthur von – Gefängnisdirektor
Wallmeyer, Siegmunde – Vermieterin

Einleitung

Meine Vorfahren stammen aus einem Ort namens Angern. Das ist eine kleine Gemeinde im Landkreis Börde in Sachsen-Anhalt. Der Name leitet sich vom Dorfanger her, einem größeren Rasenplatz in der Mitte einer Ansiedlung. Ab dem Jahr 1160 ist die Herkunft meiner Familie durch Urkunden belegt. Einer meiner frühen Ahnen war Theoderich von Angern, der mit dem Markgrafen Heinrich dem Bären in die Altmark gekommen sein soll.

Im Dreißigjährigen Krieg wurde das Dorf fast völlig zerstört. Der Zweig der Familie, von dem ich abstamme, flüchtete ins Umland und ließ sich später in Brandenburg an der Havel nieder. Dort kam es zu einer Vermischung mit den dort angesiedelten Hugenotten, in deren Folge mein Urgroßvater einen französischen Vornamen erhielt.

Louis Maria Helfricht von Angern wurde am 17. Februar 1846 geboren. Er war von klein auf wissbegierig, lernte bereits mit fünf Jahren Lesen und Schreiben und besuchte später erfolgreich die Ritterakademie in Brandenburg. Nach dem Ablegen der Reifeprüfung gab es für einen verarmten Adligen zur damaligen Zeit nur zwei ernsthafte Möglichkeiten für ein berufliches Fortkommen: entweder eine militärische oder eine geistliche Laufbahn einzuschlagen. Obwohl mein Urgroßvater das ganze Gegenteil von einem sturen Kommiss-Schädel war, entschied er sich für den Offiziersberuf und trat dem Kürassierregiment Nr. 6 bei. Dort machte er schnell Karriere. Im Deutsch-Französischen Krieg, in der Schlacht von Weißenburg am 4. August 1870, wurde er schwer verwundet, ehrenhalber zum Rittmeister befördert und nach seiner teilweisen Genesung am 25. Juni 1871 als dienstunfähig aus dem aktiven Dienst entlassen.

Anders als in den Kriegen danach sorgte sich das Land damals noch um seine malträtierten Helden. Louis von Angern hatte die Wahl zwischen einer Postmeisterstelle in Sangerhausen und dem Polizeidienst in der Reichshauptstadt.

Mein Urgroßvater entschied sich für die zweite Alternative und wurde im Rang eines Kommissars eingestellt. Lange Zeit hatte er sich nur um irgendwelchen Kleinkram zu kümmern, denn Berlin war damals kaum mehr als ein großes Dorf, das aus einem losen Verbund von separaten Ansiedlungen bestand. Ende 1871 lebten im gesamten Stadtgebiet gerade einmal 826 341 Einwohner.

Knapp zwanzig Jahre später hatte sich das Blatt radikal gewendet. Berlin drohte aus allen Nähten zu platzen. Der provinzielle Charme war verflogen. Billig gebaute, schnell hochgezogene Mietskasernen begannen das Stadtbild zu prägen. Die offizielle Einwohnerzahl hatte sich verdoppelt. Dazu kam eine große Zahl von illegalen Zuwanderern, Obdachlosen und Stadtstreichern. Eine Nebenerscheinung der Überbevölkerung war eine stetig wachsende Kriminalität, der staatlicherseits irgendwie begegnet werden musste. Eine Präsidialverfügung vom 26. April 1885 hatte bereits die Teilung der Berliner Kriminalpolizei in drei Inspektionen veranlasst.

Mein Urgroßvater wurde zur II. Inspektion versetzt, die sich den Gewohnheitsverbrechern widmete. Die Kriminalpolizei residierte damals am Molkenmarkt in einem Komplex von alten Bauwerken mit schmalen Höfen, düsteren Gängen und niedrigen Zimmern. 1889 zog die Kripo in das königliche Polizeipräsidium an der Südseite des Alexanderplatzes um. Mein Urgroßvater stieg in der Hierarchie weiter auf und wurde zum Dezernatsleiter befördert.

Louis von Angern war ein kulturinteressierter Mensch und ging häufig ins Schauspielhaus. Dort lernte er einen Theaterkritiker kennen, der Theodor Fontane hieß. Mein Urgroßvater freundete sich mit dem Journalisten an, obwohl dieser fast dreißig Jahre älter war als er. Die beiden verband vor allem eine gewisse Gemeinsamkeit des Wesens (sie konnten über dieselben Witze lachen), und die (wenigstens teilweise) Abstammung von den Hugenotten. So hatte beispielsweise Theodor Fontanes Vater ebenfalls mit Vornamen Louis geheißen.

Die Freundschaft blieb auch erhalten, nachdem Fontane dem Theater den Rücken gekehrt, den Journalismus an den Nagel gehängt und ein erfolgreicher Schriftsteller geworden war. 1892 erkrankte er an Gehirnischämie, einer schweren Durchblutungsstörung. Es bestand die Gefahr einer geistigen Umnachtung. Die unterschiedlichsten Kuren und Behandlungsmethoden wie Elektroschocks und Morphiumgaben blieben erfolglos. Schließlich verordnete der Hausarzt Dr. Wilhelm Delhaes als *ultima ratio* geistige Übungen, um die Gedanken des Kranken in ständigem Fluss zu halten und auf diese Weise ein Absterben der Gehirnwindungen zu verhindern. Theodor Fontane begann damit, seine Kindheitserinnerungen aufzuschreiben und schwierige Rätsel zu lösen. Einen Teil der kniffligen Aufgaben steuerte mein Urgroßvater aus seiner täglichen Polizeiarbeit bei. Er weihte seinen Freund in schwierige Fälle ein, in denen es zumeist um Kapitalverbrechen ging und bei denen die Ermittlungen in eine Sackgasse geraten waren.

Theodor Fontane war viel gereist und hatte viel erlebt. Er verfügte über ein großes Allgemeinwissen und einen (immer noch) scharfen Verstand. Er wusste, dass bei der Analyse jeder Schandtat die beiden elementaren Fragen lauteten: *Cui bono? Cui prodest?* – Gut für wen? Wem nützt es? Auf diese Weise gelang es ihm tatsächlich, mehrere spektakuläre Fälle aufklären zu helfen und in der Folge letztendlich auch die Krankheit zu überwinden.

Mein Urgroßvater schied 1910 aus dem aktiven Polizeidienst aus. Er starb am 12. September 1936 – achtunddreißig Jahre nach seinem Freund – im hohen Alter von neunzig Jahren.

Wie ich von meinem Vater weiß, haben sich in unserem Familienbesitz zahlreiche Bücher mit handschriftlichen Widmungen von Theodor Fontane für Louis von Angern befunden. Sie sind alle im Zweiten Weltkrieg im Feuersturm verbrannt. Aber ein abgeschabter Lederkoffer, in dem sich mehrere Dutzend blauer Kladden mit handschriftlichen Notizen befinden, hat wie durch ein Wunder die Bombenangriffe überlebt. Das lädierte Gepäckstück ist glücklich von meinem Urgroßvater über meinen Großvater und meinen Vater auf mich gekommen.

Die Aufzeichnungen betreffen allesamt Kriminalfälle, an deren Lösung Theodor Fontane aktiv beteiligt war. Die Niederschriften sind nur stichpunktartig abgefasst und schwer zu lesen, weil sie von meinem Urgroßvater in altertümlicher Kurrentschrift zu Papier gebracht wurden. Oftmals fehlen wichtige Abschnitte oder Bezüge, die zum tieferen Verständnis dringend notwendig wären.

Lange Zeit wusste ich nicht, was ich mit dem Inhalt des Koffers anstellen sollte, bis ich eines Tages zufällig meinem Verleger davon erzählte. Er hielt es für eine gute Idee, die vergilbten Texte aufzuarbeiten.

Mein Urgroßvater soll – so hat es mir jedenfalls mein Großvater berichtet – ein begabter Geschichtenerzähler gewesen sein, der Pointen gut zu setzen wusste. Aber er war kein Literat. Er hat keine Romane verfasst. Das habe ich nun für ihn getan. Es handelt sich um keine Tatsachenberichte, weil ich die fehlenden Passagen mit Hilfe der Fantasie ergänzen musste. Dennoch ist das meiste tatsächlich so geschehen, wie ich es beschrieben habe.

Obwohl sämtliche Geheimhaltungsklauseln längst abgelaufen sind und nach über hundert Jahren auch keine Verletzungen von Persönlichkeitsrechten mehr zu befürchten wären, habe ich trotzdem einige Namen verändert. Die Toten, auch wenn sie Schurken waren, sie mögen in Frieden ruhen.

Einige Nebenschauplätze musste ich weglassen, um den Fluss der Handlung nicht zu stören, und aus dramaturgischen Gründen war es erforderlich, gewisse zeitliche Abläufe zu verändern. Vor allem die mit reichlich historischem Wissen gesegneten Leser mögen mir dies bitte nachsehen.

Wolf von Angern, Sommer 2015

1. Die Farben des Todes

Am Innerlichen mag es gelegentlich fehlen,
das Äußerliche habe ich in der Gewalt.
Theodor Fontane 1854
in einem Brief an Theodor Storm

BERLIN, 15. MÄRZ 1893

»Mord ist kein leichtes Geschäft. Es gibt viel zu viele Stümper«, dozierte Conrad Ackermann, seines Zeichens amtlich bestellter königlich-preußischer Leichenbeschauer, mit prüfendem Blick auf den ersten Neuzugang des Tages. Die Worte hatte er zwar an seinen Assistenten Robert Jorbandt gerichtet, aber er erwartete weder eine Erwiderung noch eine Frage nach dem Sinn dieser philosophischen Feststellung. Der junge Dachs von knapp zwanzig Lenzen hörte nämlich nur mit einem halben Ohr zu. Seit er der kalten Kundin ansichtig geworden war, hatte er ganz andere Sorgen, als seinen Wissensstand zu verbessern. Seine Nasenflügel bebten. Der Junge kämpfte mit einem heftigen Schluckauf. Auf seiner Stirn standen kalte Schweißtropfen. Die Gesichtsfarbe wechselte von gelb nach grün.

Sterbliche Überreste menschlicher Wesen, die sich im Zustand der Verwesung befanden, boten niemals einen angenehmen Anblick, ganz gleich welchen Alters und welchen Geschlechts sie als lebende Geschöpfe vormals gewesen waren.

Die Dichter verklärten gern das Sterben. Sie sprachen gern vom Heldentod auf dem Feld der Ehre (sofern sie nicht selbst zu den Betroffenen zählten). Aber am Krepieren war nichts Heroisches. Sobald die Seele den Körper verlassen hatte, begann der Knochensack zu verwesen. Er war im selben Moment völlig nutzlos geworden. Alles Menschliche fiel von ihm ab und verwandelte sich in Dreck und Gestank.

Der Prinzipal griente kaum merklich. Er musste an jenen unerfreulichen Moment in seinem Leben denken, als er zum ersten Mal vor einer drei Wochen alten Wasserleiche gestanden hatte. Da hatte er sich so einiges durch den Kopf gehen lassen, unter anderem das Frühstück.

Die meisten Menschen waren bereits den vielfältigen Farben des Todes kaum gewachsen. Dazu zählten das fahle Antlitz der Verblichenen, das tiefe Schwarz geronnenen Blutes, das dunkle Blau der Hämatome und das giftige Violett der Livores, der Totenflecken.

Doch damit nicht genug. Viel schlimmer waren der Kotgestank und jener süßliche Aasgeruch, der entstand, wenn ein Körper in Fäulnis überging und von Gasen aufgebläht wurde. Wer einmal das zweifelhafte Vergnügen gehabt hatte, eine Nase voll davon zu nehmen, der vergaß den Pesthauch sein Leben lang nie wieder.

Conrad Ackermann hatte schon viele Assistenten kommen und gehen gesehen. Die meisten dieser jungen Menschen waren viel zu dünnhäutig und zu sublim gewesen, um diesen unappetitlichen Beruf auf Dauer ausüben zu können. Auch Robert Jorbandts Karriere würde sicherlich enden, bevor sie richtig begonnen hatte. Der Junge war ein Schwärmer, ein Schöngeist. Vermutlich las er sogar Goethe und wollte sich vor lauter Lebensüberdruss umbringen, wie es der junge Werther getan hatte. Es ermangelte ihm eindeutig an der für diesen Beruf notwendigen speziellen Konditionierung. Da konnte auch die wunderbare Aussicht auf ein auskömmliches Einkommen in diesen schweren Zeiten nichts daran ändern.

Conrad Ackermann waren in seinem Berufsleben Dinge vor Augen gekommen, die einen labilen Charakter längst ins Irrenhaus gebracht hätten. Der vierschrötige Mann von Anfang fünfzig stand im Dienste des preußischen Staates, seitdem das Königliche Leichenschauhaus, vom Volksmund zuweilen die »Berliner Morgue« genannt, aus einer alten Bruchbude in einen komfortablen Neubau in der Hannoverschen Straße 6 umziehen konnte.

Der schlichte dreistöckige gelbe Klinkerbau mit seinem rot abgesetzten Giebel machte von außen nicht viel her, aber innen war er nach den neuesten wissenschaftlichen Erkenntnissen eingerichtet worden. Der Erfolg hatte nicht lange auf sich warten lassen. Infolge der besseren Untersuchungsmöglichkeiten war die Aufklärungsquote bei den Mordfällen spürbar angestiegen.

Und so wie jeden Tag mussten auch in diesem Fall wieder aus dem Gesamtbild Rückschlüsse gezogen werden, die auf den Täter hinweisen konnten.

Auf dem Zinktisch lag eine nackte weibliche Leiche, die zahlreiche Stich- und Schnittwunden aufwies. An ihrer rechten großen Zehe hing ein karierter Zettel. Er steckte in einer Zelluloidhülle, die ihn vor Körperflüssigkeiten schützen sollte. Auf dem Kästchenpapier stand in akkurater Kanzleischrift vermerkt: *Dennerlein, Sally, wbl., 25 J., Schneiderin & Häklerin, Wohnort: Eldenaer Str. 5, Fundort: Mulackstr. 12.*

»Schau dir doch nur dieses Pfuschwerk an«, meinte der Leichenbeschauer verärgert und deutete auf den Oberkörper der ermordeten Frau. »Dieses sinnlose Herumgestochere muss jeden Experten grausen. Der eine Stich ins Herz wäre völlig ausreichend gewesen. Ein Kenner der Materie hätte sich sofort damit zufriedengegeben. Aber der hirnlose Schächer wollte sein Opfer nicht nur töten, sondern es auch noch entehren. Deshalb hat er noch fünf weitere Male zugestochen und ebenso täppisch an dem Torso herumgesäbelt. Das war eine völlig überflüssige Kraftanstrengung. Der Bursche hätte stattdessen lieber Fersengeld geben sollen.«

Der Leichenbeschauer hielt einen Moment lang inne, umkreiste die Tote einmal und setzte seine Lektion dann fort: »Die Folge dieser törichten Gewaltorgie war, dass sich dieser Volltrottel von Kopf bis Fuß mit Blut eingesaut haben muss. Es ist wie eine Fontäne aus der linken Herzkammer gespritzt, als er den Dolch wieder aus dem Stich zog.

Unsere preußischen Gendarmen mögen sicherlich nicht die hellsten Kirchenlichter auf der guten Mutter Erde sein, aber einen blutüberströmten Wüstling, der wie von Sinnen die Mulackstraße hinunterhetzt, können auch sie kaum übersehen. Nun hat der Mörder den Salat und sitzt hinter Gittern. Und bald wird er am Halse aufgehängt und hoch oben am Galgen baumeln. Die Raben freuen sich schon auf einen Festtagsschmaus. Die Augäpfel sind ihnen am liebsten. Die picken sie zuerst aus.«

Robert Jorbandt bekam weiche Knie.

Der Leichenbeschauer erinnerte sich: »Früher, als ich jung an Jahren war, da gab es noch Mörder, die ihr Metier verstanden. Das waren echte Virtuosen im Umgang mit dem Stilett. Die hatten eine solide Ausbildung genossen und waren stolz auf ihre Berufsehre. Doch das Handwerk ist verdorben. Inzwischen glaubt jeder dahergelaufene Volltrottel, er sei ein Paganini mit dem Messer.«

Robert Jorbandt spürte, wie ihm ein unangenehmes Gefühl die Speiseröhre heraufkroch. Um sich abzulenken, nahm der Assistent seinen ganzen Mut zusammen und fragte: »Wer ist der Delinquent? Vermutlich ein verschmähter Liebhaber? Was war seine Veranlassung, derartig auszurasten? Eifersucht? Herzensleid?«

»Du siehst, ohne zu begreifen. Was steht auf dem Zettel?«

»Das arme Ding war Näherin.«

»Und wo hat sie gewohnt?«

»In der Eldenaer Straße.«

»Wofür ist diese Gegend berühmt?«

»Keine Ahnung.«

Der Leichenbeschauer seufzte tief. »Mein Jungchen, du hast noch viel zu lernen. Daselbst befindet sich der Berliner Schlachthof. Unter anderem. Außerdem ist in diesem Viertel auch noch der Seuchenhof angesiedelt. Da riecht es nicht ganz so gut wie hier in dieser freundlichen Kemenate. In jenem ungemütlichen Distrikt wohnen nur die Ärmsten der Armen. Sie waschen sich in der Gosse und halten sich Ratten als Haustiere, die so groß sind wie Katzen. Vor den Fenstern liegen verschimmelte Abfallhaufen. Das sind die Speisekammern. Jeder, der Hunger hat, darf sich bedienen. Zwei Berufsstände sind dort vor allem vertreten: Sickergrubenreiniger und Leimkesselrührer aus der Knochenmühle. Der Rest schlägt sich als Almosenempfänger durch. Morgens brocken sie sich zerknackte Kakerlaken in den Frühstücksbrei. Das gibt eine leckere Würze.«

»Na gut, dann wird wohl ein Raubmord ausgeschlossen sein«, entgegnete Robert Jorbandt, inzwischen leicht gereizt ob des unaufhörlich sprudelnden Redeschwalls seines Vorgesetzten. »Gold und Juwelen sind also höchstwahrscheinlich nicht abhanden gekommen.«

»Davon kannst du mit Sicherheit ausgehen«, grummelte Conrad Ackermann. »Das Geschäft einer Schneiderin und Häklerin wird in Sicht- und Geruchsnähe zum Seuchenhof nicht besonders gut laufen. Deshalb musste sich das Fräulein Dennerlein noch etwas dazuverdienen. Das hat sie anderenorts in der Mulackstraße getan. Dort war sie als Bordsteinschwalbe unterwegs. Sieh her, die Zeichen sind überdeutlich: Das liederliche Frauenzimmer ist übermäßig stark geschminkt, seine Augenbrauen sind gezupft, und die Haare wurden gepudert.«

»Wozu dient das Puder?«

»Es soll einen Wohlgeruch verströmen und hält die Läuse fern.«

»Also gut«, konstatierte der junge Assistent, wobei er mit dem ständig stärker werdenden Würgereiz kämpfte, »sie war eine Metze. Das ist noch lange kein Grund, sie umzubringen, denn davon sind in Preußen mehr als genug unterwegs.«

»In London, das ist die Hauptstadt von Engelland, hat es vor fünf Jahren mehrere Morde an Dirnen gegeben. Der Verbrecher wurde nie gefasst. Vielleicht ist er eines natürlichen Todes gestorben, oder er hat sich umgebracht. Die Presse hatte ihn *Jack the Ripper* genannt. Als unser Berliner Hurenmörder kommt er nicht in Frage, denn er wird wohl kaum nach Deutschland ausgewandert sein. Obendrein hat sich der Schächer von der Spree viel zu dilettantisch verhalten. Aber vielleicht handelt es sich bei ihm um einen Nachahmungstäter. Viele Leute, die auf dem Abort in einem alten Journal blättern, kommen auf die seltsamsten Ideen. Sie wollten schon lange dem irdischen Jammertal entfliehen und wissen nun endlich, wie sie das anstellen können: Sie verabschieden sich mit einem Paukenschlag.«

»Oder der Kerl war sehr wütend.«

»Davon können wir ausgehen.«

»Doch womit kann ein Freudenmädchen einen Freier derart zur Weißglut treiben?«

»Indem sie über einen winzigen Piephahn lacht oder weil sie ihm die Franzosenkrankheit angehext hat.« Der Leichenbeschauer blickte zum Fenster. »Hoffentlich hält sich dieses famose Wetter noch eine Weile. Sobald es nämlich wieder warm wird, fangen die

Leichen an, bestialische Odeurs auszuströmen. Im Vergleich dazu riecht es dann in einer Abdeckerei wie in einer Parfümerie.«

Für den Assistenten war damit das Maß des Erträglichen überschritten. Der Inhalt seines Magens drängte nach oben.

Conrad Ackermann sah ihn mitleidig an, ging zu einem braunen Schränkchen an der Wand, holte einen bauchigen Steinkrug hervor und goss drei Fingerbreit einer öligen hellen Flüssigkeit in ein schmieriges Wasserglas. »Trink das, Jungchen. Das ist hochprozentiger Fusel. Der holt dir die Farbe ins Gesicht zurück.«

Robert Jorbandt schaute zweifelnd auf.

»Du musst dir die Nase zuhalten und alles auf einmal hinunterkippen. Dann darfst du auf keinen Fall einatmen, sondern du solltest tief ausatmen und dabei alle Luft aus deinen Lungen pressen.«

Der junge Mann tat folgsam, wie ihm geheißen. Anschließend schüttelte er sich und stöhnte herzzerreißend. Aber das Mittel schien nicht zu helfen. Die bereits kränklich grüne Gesichtsfarbe wich einem noch tieferen Grün.

Robert Jorbandt eilte zum halbrunden Ausguss an der gekachelten Wand und begann sich geräuschvoll zu übergeben. Seine Knie schlotterten. Ihm liefen Tränen des Ekels und des Selbstmitleids über das Gesicht. Er fühlte sich erniedrigt.

Conrad Ackermann genehmigte sich nun selbst ein Gläschen. Allerdings griff er nicht nach dem bauchigen Steinkrug mit dem Brechmittel, sondern nach einer Glasflasche mit einem kräftigen Kümmel. »Willst du auch noch einen Schnaps?«

Conrad Jorbandt konnte nur abwinken, dann brach die nächste Welle der Übelkeit über ihn herein.

Conrad Ackermann beobachtete die Entgleisung seines Assistenten mit dem Interesse eines Schmetterlingssammlers, der einen frisch aufgespießten Fang begutachtete. Der Ärger über den stümperhaften Mörder war verflogen. Der Leichenbeschauer zündete sich einen pechschwarzen Stumpen an, dessen ätzender Qualm nach verkohlten Lumpen roch und welcher dem unerträglichen Gestank, der bereits die Luft verpestete, eine weitere widerliche Komponente beimischte.

*

Der Winter zur Jahreswende 1892/1893 war lang und frostig gewesen. Keinesfalls so kalt wie der harte Winter 1847 – der in Berlin einen Hungeraufstand hervorgerufen hatte, welcher in die Geschichtsbücher als die »Kartoffelrevolution« einging – aber schier endlos und eisig genug. In den Mietskasernen mussten wochenlang unzählige Wohnungen ungeheizt bleiben. Billiges Brennmaterial war knapp geworden. Hungrige Wildtiere auf der Suche nach Nahrung drangen in ihrer Not bis weit in die Stadt vor. Auf den vereisten Feldern und in den tief verschneiten Wäldern gab es für sie schon lange nicht mehr genug zu fressen.

Es hatte bis Anfang März gedauert, ehe die Temperaturen tagsüber wieder leicht über den Gefrierpunkt gestiegen waren. Das dicke Eis auf der Spree begann allmählich zu tauen. Doch mit dem Einbruch der Dunkelheit hatte Tag für Tag erneut beißender Frost eingesetzt und die Straßen in eisige Rutschbahnen verwandelt.

Am Mittwoch, dem 15. März 1893, änderte sich das Wetter abrupt. Passend zum abnehmenden Mond hatte diesmal bereits nachts die Kälte stark nachgelassen. Schon in den frühen Morgenstunden stiegen die Temperaturen weit in den Plusbereich. Es war der erste warme, sonnige Tag seit langem. In der Luft lag ein Hauch von Frühling. Wenn das milde Wetter weiterhin anhielt – und es sah ganz danach aus –, würden bald die schmutzig schwarzen Schneeberge an den Straßenrändern verschwunden sein. In den Fallrohren gluckerte das Tauwasser. Ab und an klatschte nasser Schneematsch von den Dächern auf die Straßen.

Doch von diesen Widrigkeiten ließen sich die Kummer gewohnten Berliner Bürger kaum abschrecken. Die Straßen und Gassen belebten sich schlagartig wieder. Allerorten herrschte ein buntes Gewimmel. Die meisten Leute strömten in Richtung der Stadtteilzentren. Groß-Berlin war im Laufe der Jahrhunderte immer weiter gewachsen und hatte mehrere komplette Städte ringsum geschluckt. Ein Ende dieser Entwicklung ließ sich nicht absehen. 1861 waren Moabit und 1878 ein Teil der Feldmark von Lichtenberg dazugekommen. Mehrere weitere Eingemeindungen, die ganz offiziell »Einverleibungen« genannt wurden, standen an.

Der geografische Mittelpunkt Berlins verschob sich infolgedessen von Jahr zu Jahr. Momentan bildete ihn die Siegesallee mit dem Siegesdenkmal am Königsplatz, wo vis-à-vis seit 1884 das Reichstagsgebäude errichtet wurde. Inzwischen stand das Symbol der Volksvertretung kurz vor seiner Fertigstellung.

Das eigentliche Zentrum der Reichshauptstadt war jedoch der Alexanderplatz. In seiner Mitte schlug das Herz der Großstadt. Dort trafen mehrere breite Boulevards sternförmig aufeinander: die Alexanderstraße im Nordwesten, die Neue Königsstraße im Nordosten, die Landsberger Straße im Osten, die Alexanderstraße im Süden und die Königsstraße im Westen.

Nach den vergangenen ruhigen Wochen war am Alex bereits wieder das Verkehrschaos ausgebrochen. Ein- und zweispännige Kutschen, Droschken, Pferdeomnibusse, Kremser, Fahrradfahrer, Pferdebahnen, Herrenreiter, Journalieren, Kleinhändler mit zweirädrigen Schiebewagen, Eselskarren und andere ländliche Fuhrwerke bildeten ein dichtes, hin- und herwogendes Knäuel, das sich ständig unentwirrbar zu verheddern drohte. Irgendwo mitten im Getümmel ließ sich sogar das laute Knattern eines einzelnen *Benz Victoria* Motorwagens vernehmen, der lustige blaugraue Qualmwölkchen ausstieß. Die Unfallstatistik würde bald von neuem in die Höhe schnellen, so viel war gewiss.

Auf den Gehsteigen drängte sich das Publikum ohne Unterlass in beide Richtungen. Fein gekleidete Herren und Damen versuchten einfach gewandeten Bauern auszuweichen, die an Stricken Ziegen, Schweine oder Schafe hinter sich herzogen. Bauchladenverkäufer priesen ihre Pfennigartikel an, Arbeiter im fadenscheinigen Zwirn eilten zu ihren Werkstätten, schmutzige Stadtstreicher und kriegsinvalide Krüppel bettelten um Almosen. Ausrufer machten Reklame für Patentmedizin gegen Haarausfall, Krätze und Sodbrennen. Militärs in schmucken Uniformen rasselten mit ihren Säbeln und zwinkerten kichernden Hausmädchen zu. Juden im Kaftan schlurften gedankenverloren dahin, ganz im Zwiegespräch mit unsichtbaren Wesen begriffen. Scherenschleifer und Schuhputzer boten ihre Dienste an. Elegante Stutzer mit einem Blick für das Essentielle ließen ihre Blicke schweifen. Sie hielten ihre goldenen Taschenuhren fest und versuchten große Bögen um jene Personen zu machen, die sich betont unauffällig gaben. Berlin war das Mekka der Taschendiebe. Einige von ihnen verstanden ihr Handwerk so gut, dass sie ihre Kunststückchen im Varieté hätten zeigen können. Mitten in dem Menschenstrom schwammen gemächlich dahinschreitende Schutzmänner in dicken blauen Mänteln. Durch ihre Pickelhauben überragten sie die meisten Passanten und waren weithin sichtbar.

Die meisten Menschen in der wogenden Menge hatten bei aller Geschäftigkeit freundliche Sonntagsgesichter aufgesetzt. Es herrschte eine fröhliche, ausgelassene Stimmung wie vor einem Feiertag. Es schien so, als ob die Beschwernisse der kalten und finsteren Jahreszeit schon nach den wenigen Stunden der Wärme wieder in Vergessenheit geraten wären. Auch die berühmt-berüchtigte Berliner Schnoddrigkeit hatte sich verflüchtigt. Wenigstens für diesen einen Tag war sie einem höflicheren und respektvolleren Umgangston gewichen.

Aus dem Fußgängerstrom, der sich von der Grunerstraße in

Richtung Alexanderplatz bewegte, ragte eine große, schlanke Gestalt heraus. Bei dem Mann im besten Alter handelte es sich um den siebenundvierzigjährigen Kriminalpolizei-Inspektor Louis Maria Helfricht von Angern. Er bekleidete den Posten des Dezernatsleiters der II. Inspektion im Polizeipräsidium und galt damit im gesellschaftlichen Leben bereits als eine höhergestellte Persönlichkeit. Obwohl – oder gerade weil – im Deutschen Kaiserreich das Tragen von Uniformen an der Tagesordnung war, zog Louis von Angern nur zu ganz besonderen Anlässen den Uniformrock an. Er war ein preußischer Polizist, der zwar alle Befehle strikt befolgte und bei seinen Untergebenen keine Schlampereien duldete, aber vielen unkonventionellen Dingen offen gegenüberstand. Im Polizeipräsidium hatte er einen großen Anteil daran, dass die neuesten Methoden der Personenerkennung eingeführt wurden.

An diesem 15. März trug Louis von Angern einen knielangen, gradlinig geschnittenen schwarzen Mantel. Der militärische Eindruck wurde durch eine Doppelreihe silberner Knöpfe und blank polierte Schaftstiefel mit umgeschlagener Krempe noch verstärkt. Für diese spezielle Kleiderordnung gab es einen guten Grund, denn es war ein halb offizieller Auftrag, welcher den Kriminalinspektor außer Haus geführt hatte.

In der rechten Hand hielt Louis von Angern einen Gehstock aus Ebenholz, der mit einem schweren silbernen Knauf verziert war. Der Knüttel diente weniger der Bequemlichkeit, sondern der Abschreckung. In einigen unangenehmen Situationen hatte er tatsächlich bereits gute Dienste geleistet. Doch die eigentliche Waffe war nicht sichtbar. Sie steckte im Verborgenen in einer verstärkten Innentasche des Mantels. Es handelte sich dabei um einen kurznasigen englischen *Webley Bulldog*, einen leichten fünfschüssigen Revolver, der bei ruhiger Hand als treffsicher bis auf fünfzehn Meter galt. Allerdings war Louis von Angern noch nie in die Verlegenheit geraten, das Schießeisen tatsächlich benutzen zu müssen.

Am Alexanderplatz nahm er den Pferdeomnibus nach Moabit. Dort war er mit Emil von Frankenberg-Ludwigsdorf verabredet, dem vorsitzenden Richter der 5. Strafkammer am Königlichen Landgericht I.

Der preußische Polizist verfügte über vielfältige Tugenden. Eine davon war sein Hang zur Pünktlichkeit. Louis von Angern hasste es, irgendwo auch nur eine einzige Minute nach der verabredeten Zeit einzutreffen.

Mit den öffentlichen Verkehrsmitteln war das so eine Sache. Manchmal kamen sie planmäßig, manchmal nicht. Zu den Stoßzeiten waren sie hoffnungslos überbesetzt. Dann musste die Kundschaft warten, bis das nächste Gefährt angezuckelt kam. An diesem Tag hatte alles bestens geklappt. Louis von Angern traf deshalb weit vor der Zeit am Kriminalgericht ein, einem großen, von zwei hochaufragenden Türmen flankierten Gebäude mit einem grandiosen Säulenportal als Eingang. Der Richter saß noch in einer Verhandlung. Sie hatte gerade erst begonnen. Weil sie öffentlich war, gesellte sich der Polizist hinzu und nahm als Zuhörer auf der hinteren Bank Platz.

Es ging um einen Vorfall in einer der Pferdebahnen, die (anders als die Omnibusse) auf Schienensträngen fuhren. Folgendes hatte sich vor einigen Wochen ereignet: Ein Passagier namens Friedhelm Schneider war mit einer brennenden Zigarre im Mund zugestiegen. Das war selbstverständlich strengstens untersagt. Gut lesbare Emailleschilder wiesen auf das Rauchverbot hin. Der diensthabende Schaffner Hans Plettner hatte dementsprechend unwirsch reagiert. Anstatt das Fahrgeld zu kassieren, hatte er den Fahrgast angeblafft: »Qualmen Sie mir nicht den Wagen voll!«

Mit dieser Bemerkung hatte Beamte sowohl entsprechend seiner Obliegenheiten gehandelt, als auch dagegen verstoßen. Ad eins war er verpflichtet, peinlich genau auf die Einhaltung der Beförderungsordnung zu achten und sie gegen jeden Widerstand durchzusetzen. Ad zwei jedoch gehörte es zu seinen Aufgaben, sich dem Publikum gegenüber eines höflichen und bescheidenen Auftretens zu befleißigen. Wie ein Pferdewagenschaffner den schwierigen Spagat vollführen sollte, gleichzeitig als Respektsperson und als Kommis aufzutreten, sagte die Dienstvorschrift allerdings nicht.

Doch sei dem, wie ihm wolle. Friedhelm Schneider, der paffende Passagier, ärgerte sich jedenfalls darüber, dass er gemaßregelt wurde. Bei einem kurzen Zwischenhalt an der nächsten Kreuzung wollte er auf der linken Seite aussteigen, um das Gefährt und den ungehobelten Schaffner wieder zu verlassen. Damit verstieß er gleich gegen zwei weitere Gebote. Die Beförderungsordnung sah nämlich vor, dass das Verlassen des Wagens lediglich an den ausgerufenen Haltestellen erlaubt war, und dort auch nur auf der rechten Seite, wo kein Risiko bestand, in den Gegenverkehr zu geraten.

Wiederum tat der Schaffner seine Pflicht: Er packte den unbotmäßigen Fahrgast am Schlafittchen und zerrte ihn aus der Gefahrenzone zurück in das sichere Wageninnere. Friedhelm Schneider versuchte sich loszureißen und schalt den Beamten einen »Flaps«. Damit war für Hans Plettner das Maß des Erträglichen überschritten. Er schnappte sich das aufmüpfige Mannsbild, klemmte dessen Kopf in seine Ellbogenbeuge und verpasste ihm einige Faustschläge ins Gesicht. Im Volksmund wurde diese Form der Abreibung »Schwitzkasten mit Musik« genannt. Die übrigen Passagiere verfolgten interessiert das muntere Treiben. Es bildeten sich zwei gleich große Lager. Der anarchistische Flügel meinte: »Schade um jeden Schlag, der danebengeht.« Die anderen äußerten resigniert: »Typisch Preußen. Da kann sich die Obrigkeit alles erlauben.«

Der Beamte Plettner war hochmotiviert und im Boxkampf erfahren. Die Gegenwehr, die sich in einem wütenden Herumgezappel erschöpfte, brach bald zusammen. Der renitente Zigarrenraucher fand sich kurz darauf auf dem schneenassen Trottoir der Friedrichstraße wieder. Diesmal hatte er den Pferdewagen völlig korrekt auf der rechten Seite verlassen, wenn auch nicht aus eigener Kraft und schon gar nicht aus eigenem Antrieb.

Friedhelm Schneider war ein nachtragender Charakter. Trotzdem er das Geld für den Fahrschein gespart hatte, ging er zur Polizei und erstattete gegen den Pferdebahnschaffner Strafanzeige. Die Vorwürfe lauteten auf Beleidigung, Körperverletzung und Freiheitsberaubung.

Die erste Runde fand vor dem Amtsgericht statt. Der Richter dort stufte die Worte »Qualmen Sie mir nicht den Wagen voll!« als Beleidigung ein und sah die Entgegnung »Sie Flaps!« lediglich als eine Abwehr der Diskriminierung an. Da der Fahrgast den Schaffner jedoch ebenso unzweifelhaft gereizt habe, sei die Körperverletzung lediglich mit fünfundzwanzig Mark zu bestrafen. Eine Freiheitsberaubung habe nicht vorgelegen, da der Beamte laut den gültigen Beförderungsrichtlinien dazu verpflichtet gewesen sei, den Fahrgast daran zu hindern, den Ausstieg links zu benutzen. Der Straftatbestand der Beförderungserschleichung kam nicht zur Sprache.

Der Schaffner ging in Berufung. Er berief sich auf seine Autorität, die fundamental untergraben würde, wenn er sich jede Form der Beleidigung gefallen lassen müsse. Außerdem stehe seine Karriere auf dem Spiel. Eine rechtsgültige Verurteilung, und sei es auch nur in Höhe von fünfundzwanzig Mark, werde zwangsläufig seine Entlassung nach sich ziehen und den Verlust der sicher geglaubten Pension und damit ein Vielhundertfaches an Schaden zur Folge haben.

Doch Richter Emil von Frankenberg-Ludwigsdorf hatte keine Lust, sich lang und breit mit diesem Fall zu befassen. Er polterte los: »Das Verhalten des Schaffners war ein grobes, und die vom Vorderrichter erkannte Strafe viel zu mild. Der Ausdruck ›Qualmen‹ ist als höchst unziemlich anzusehen. Kein Fahrgast muss ihn sich gefallen lassen. Wenn der Passagier im Gegenzug den Schaffner einen ›Flaps‹ genannt hat, so war das aus einer Notwehrlage heraus völlig berechtigt.« Der Richter hielt einen Moment lang inne und trank einen Schluck Wasser. Dann dröhnte er weiter: »Von einer ungebührlichen Reizung kann keine Rede sein. Schließlich und endlich ist das Gericht nicht für die Folgen einer Strafe verantwortlich. Dies ist ganz allein derjenige, der die Strafe auf sich gezogen hat. Die Berufung wird abgewiesen.«

Hans Plettner wagte keinen Widerspruch. Er zog den Kopf ein, ließ die Schultern hängen und schlich wie ein begossener Pudel aus dem Gerichtssaal.

Louis von Angern folgte ihm nach draußen. Ihm schossen mehrere Gedanken gleichzeitig durch den Kopf. In seiner langjährigen Tätigkeit im Polizeidienst hatte er gelernt, dass es neben den schriftlichen Dienstanweisungen zahlreiche ungeschriebene Regeln gab. Eine der wichtigsten lautete, dass ein Kriminalbeamter nie genug Freunde haben konnte, und zwar unten wie oben. Er brauchte zahlreiche Zuträger in den Nachtjackenvierteln, die ihm verlässliche Tipps gaben. Er benötigte ihm ergebene Streifenpolizisten auf den Straßen, die ihre Pflicht taten und nicht nur Dienst nach Vorschrift machten. Er bedurfte loyaler Kollegen im Dezernat, die ihm in Notsituationen beistanden. Und er war auf ihm wohl gesonnene Vorgesetzte im Polizeipräsidium angewiesen, die ihm den Rücken freihielten, wenn es Unannehmlichkeiten gab. Anderenfalls war die Gefahr groß, einer politischen Intrige zum Opfer zu fallen und irgendwo in der tiefsten Provinz auf dem Abstellgleis zu landen. Um einen Absturz zu verhindern und die einmal erreichte Position weiter auszubauen oder auch nur zu erhalten, reichte es nicht aus, sich an die Regeln zu halten und Erfolg zu haben. Treue war kein leerer Wahn. Sie bedeutete tagtägliche Kleinarbeit. Ständig mussten große und kleine Rädchen im Getriebe geschmiert werden.

Louis von Angern fasste aus einem Bauchgefühl heraus einen spontanen Entschluss. Er ging auf den Schaffner zu, der nun vor den Trümmern seiner Existenz stand, und legte ihm die Hand auf die Schulter. »Ich habe alles mit angehört. Er scheint mir ein ehrbarer und aufrechter Charakter zu sein. Leute wie Ihn kann ich gebrauchen. Melde Er sich morgen früh um acht Uhr bei mir im Büro im Polizeipräsidium. Mein Name ist Louis von Angern. Ich leite das Dezernat der II. Inspektion. Wenn Er Interesse hat, lasse ich Ihn als Schutzmann einstellen.«

Hans Plettner wurde abwechselnd blass und rot im Gesicht. Zunächst fehlten ihm die Worte. Dann begann er zu stammeln: »Exzellenz, Euer Hochwohlgeboren, es, es, es ist mir eine große Ehre. Sie werden es nicht bereuen, so wahr mir Gott helfe. Ich bin ein treuer Diener des Vaterlands und schwöre, ein guter Schutzmann zu werden.«

Von Angern winkte ab und meinte beiläufig: »Enttäusche Er mich nicht. Es würde mich sehr betrüben.«

Später im Kasino fragte der Kriminalinspektor den Landrichter: »Weshalb waren Sie so streng zu dem armen Mann? Eine Ermahnung hätte doch völlig ausgereicht. Nun ist er rundweg ruiniert.«

Emil von Frankenberg-Ludwigsdorf blies verärgert die Backen auf. »Hören Sie mir doch auf mit den Schaffnern, mein lieber von Angern! Heute früh habe ich ganz entgegen meiner Art nicht die Droschke genommen, sondern die Pferdebahn. Da ist mir doch der Kondukteur so blöd gekommen, dass es nur so seine Art hatte! Nee, nee, immer feste drauf auf den Pöbel, und schade um jeden Schlag, der danebengeht.«

Louis von Angern enthielt sich wohlweislich jeden weiteren Kommentars. Aber er war verärgert. Er hasste Ungerechtigkeiten und hatte deshalb das Interesse an höflicher Larifari-Konversation verloren. Deshalb kam er gleich zur Sache. »Sie wollten mich sprechen, Euer Ehren. Worum geht es? Ist jemand ermordet worden?«

»Ganz im Gegenteil. Es soll ein Mord verhindert werden.«

»Nun denn, Prävention ist nicht mein Ressort. Das wird von meinem Kollegen …«

»Das ist mir sehr wohl bewusst«, zischte von Frankenberg-Ludwigsdorf. »Ich habe mich an Sie gewandt, weil Sie ein sehr diskreter, ein überaus fähiger und ein äußerst zuverlässiger Mann sind. Wenn Sie mir diesen wichtigen Dienst erweisen, haben Sie bei mir nicht nur einen, sondern gleich zwei Steine im Brett. Es wird sich schon eine Gelegenheit finden, wo ich Ihnen Gleiches mit Gleichem vergelten kann.«

Das Gespräch ruhte für eine Weile, weil der Aufwärter die Getränke servierte. Der Richter hatte Kaffee, der Polizist chinesischen Pouchong-Tee geordert. Dazu gab es für jeden ein Gläschen Armagnac-Franzbranntwein, um die Verdauung anzuregen. Die beiden Herren prosteten einander zu. Von Frankenberg-Ludwigsdorf zog ein ledernes Etui hervor. »Bitte nehmen Sie im stillen Gedenken an den Pferdebahnschaffner eine von meinen guten Zigarren. Hier in diesen heiligen Hallen gibt es nichts, was unseren Rauchgenuss trüben kann. Doch nun will ich nicht länger um den heißen Brei herumreden, sondern endlich zum Kern der Sache kommen: Ich möchte nicht zum Mörder werden müssen.«

»Die wenigsten Leute wollen das. Es ist ein Beruf mit miserablen Aussichten. An seinem Ende wartet keine wohlverdiente Pension, sondern das Halsgericht.«

»Wohl wahr, wohl war. Deshalb benötige ich Ihre Hilfe, mein Teuerster. Ich werde erpresst! Nun ist es heraus.«

Von Angern, der gerade etwas vor sich hingeträumt und versonnen Rauchringe in die Luft gepustet hatte, verschluckte sich beinah. »Soll das ein Scherz sein? Sie sind ein im Dienst ergrauter Rechtswahrer und stehen kurz vor der Pensionierung. Sie hegen keinerlei politische Ambitionen und wollen auch nicht Landgerichtspräsident werden. Sie sind glücklich verheiratet, leben in geordneten materiellen Verhältnissen und haben fünf Enkelkinder. Womit kann man Sie erpressen? Haben Sie Spielschulden? Trägt das Dienstmädchen einen Abkömmling von Ihnen unter dem Herzen? Sind Sie ein Kommunarde geworden und wollen auf die Barrikaden der Revolution klettern?«

Der Richter winkte ab. »Wenn es so einfach wäre, könnte ich mir selbst helfen und mich wie Baron Münchhausen am eigenen Schopf aus dem Sumpf ziehen. Nein, es ist komplizierter. Wenn ich es Ihnen sage, geschieht das unter dem Siegel der größten Verschwiegenheit, verstanden! Also, es geht um Folgendes …«

2. Das Geständnis

Um acht oder wenig später werden auf dem sechs
Meter im Quadrat großen Hof Decken geklopft.
Ehe man noch fertig ist, erscheint ein Leierkasten-
mann. Ein Glück, dass das Deckenklopfen noch
nicht ganz fertig ist. So frisst eins das andere auf.
Theodor Fontane in einem Textfragment
aus dem Jahr 1893

BERLIN, 15. MÄRZ 1893

Das Polizeipräsidium am Alexanderplatz war nach dem Stadtschloss das größte Gebäude der Stadt. Es umschloss acht offene Höfe und eine glasüberdachte Kuppelhalle im Zentrum. Außer den vielfältigen Büroräumen beherbergte es mehrere Dienstwohnungen, Stallungen, Wachlokale für die berittene Schutzmannschaft sowie einen Komplex von Arrestzellen. Darin konnten nach der gültigen preußischen Belegungsvorschrift für Zuchthäuser dreihundert Männer und hundert Frauen untergebracht werden. Wenn einmal Not am Manne sein sollte, ließ sich die Zahl der Inhaftierten aber problemlos verdoppeln.

Kommissar Paul Bärenzung war seit fünfzehn Jahren im Dienst und zuständig für die leichten Mordfälle. Er nannte ein kleines Bäuchlein sein eigen, trug einen üppigen Schnauzbart und hatte glatt nach hinten gekämmtes Haar, das sich am Hinterhaupt bereits stark lichtete. Der Kriminalpolizist zählte nicht zu den großen Leuchten seines Standes, und sein Fachwissen war auch nur eng begrenzt. Aber er konnte gut kombinieren und verfügte darüber hinaus über eine bei Menschen seines Standes seltene Eigenschaft, nämlich eine Engelsgeduld. Auch ließ er sich durch nichts aus der Ruhe bringen. Es machte ihm überhaupt nichts aus, zehnmal hintereinander die gleiche Frage zu stellen, wenn ihm die Antwort nicht gefiel. In der Unterwelt wurde er deshalb auch respektvoll »Klebefinger« genannt, denn wenn er sich erst einmal mit einem Verdächtigen befasste, wurde der ihn so schnell nicht wieder los.

Das Büro des Kommissars lag ebenerdig im Nordflügel und war nur einen Quergang vom Zellentrakt entfernt. Morgens um zehn Uhr hatte sich Bärenzung einen gewissen Simon Landshoff bringen lassen. Der Achtunddreißigjährige bezeichnete sich als »Agent für Häuser und Hypotheken«. Er war des Mordes verdächtig an der hauptberuflichen Schneiderin und Häklerin Sally Dennerlein. Selbige hatte sich ein Zubrot als Amüsiermatratze, Chaiselongue-Akrobatin und Lastermilbe verdient. Inzwischen taugte sie allerdings nur noch als Präparationsobjekt für Studiosi der medizinischen Wissenschaften, die eine heimliche Freude daran empfanden, in den abgekühlten Gedärmen fremder Menschen zu wühlen.

Simon Landshoff war ein extrem hellhäutiger Mensch mit dünnem weißblondem Haupthaar. Er sah aus, als könne er keiner Fliege etwas zuleide tun. Der Häftling war mittelgroß und spindeldürr. Er hatte lange wachsbleiche Finger, die wie Spinnenbeine wirkten. Landshoff war bereits am Abend zuvor, unmittelbar nach dem Mord, verhaftet worden. Der Kriminalbeamte hatte ihn mit voller Absicht zwölf Stunden lang schmoren lassen, um ihn weichzukochen. Er war der einzige Tatverdächtige, und er saß hinter Gittern. Das Einzige, woran es noch mangelte, war ein umfassendes Geständnis.

Das Signalement hatte der Kanzleisekretär gleich nach der Einlieferung angefertigt. Der Kommissar studierte die Angaben Punkt für Punkt und versuchte, sich ein erstes Bild zu machen. Er ließ sich Zeit dabei. Die Minuten verrannen.

Schließlich hielt es der Untersuchungshäftling nicht länger aus und sagte: »Falls die Schrift schwer lesbar sein sollte, kann ich gerne alles noch einmal mündlich vortragen. Also ich heiße …«

Paul Bärenzung hielt den rechten Zeigefinger an den Mund und schüttelte den Kopf. Simon Landshoff sackte in sich zusammen. Er hatte sich nach seiner Einlieferung gründlich waschen dürfen. Er war mit Gefängnisdrillich eingekleidet worden, weil seine blutbeschmutzten Privatkleider zu nichts mehr zu gebrauchen waren.

Der Kommissar hatte in seinem Leben schon so einiges erlebt und wollte kein Risiko eingehen. Deshalb musste der Untersuchungshäftling auch weiterhin Handschellen tragen, obwohl er inzwischen so harmlos wie ein Messdiener wirkte. Der Kriminalbeamte konnte sich noch sehr gut an den Fall der verhinderten Selbstmörderin Adalgunde Engelbach erinnern, einer ätherischen Person von außergewöhnlicher Schönheit, die mitten in der Befragung ohne jede Vorwarnung aufgesprungen war und ihm schmerzhaft in die Nase gebissen hatte.

Bärenzung registrierte ganz genau, dass sein Gegenüber bereits nach einigen Minuten des eisernen Schweigens ungeduldig auf dem Stuhl hin und her zu rutschen begann. Das war ein gutes Zeichen. Bald würde sich die Zunge des Arretierten ganz wie von allein lösen. Der Kommissar ließ ihn noch eine Weile zappeln. Erst als die Spannung im Raum nahezu greifbar wurde, nahm er die Glocke auf dem Schreibtisch und schellte. Kurz darauf betrat ein Protokollant, der wie eine graue Maus wirkte, den Raum. Er setzte sich in der Ecke an ein kleines Pult mit einer Bank davor, raschelte mit Papier, entkorkte das Tintenfass und leckte die Feder an.

Nachdem wieder Ruhe im Verhörzimmer eingekehrt war, fragte der Kriminalbeamte in einem freundlichen Ton, der ehrliches Interesse heucheln sollte: »Was tut ein ›Agent für Häuser und Hypotheken‹ anderes als ein Makler? Wodurch unterscheiden sich diese beiden Berufe?« In Wahrheit interessierte ihn das nicht die Bohne. Bei seinem bescheidenen Gehalt würde er sich nie ein Haus in guter Lage leisten können. Es ging ihm lediglich darum, eine Beziehung zu dem anderen Menschen aufzubauen. Der Kommissar stellte sich nämlich einen Tatverdächtigen immer wie eine Burg vor, die vom Feind belagert wurde. Die Staatsmacht war der Angreifer. Damit man in das Innere der Festung gelangen konnte, musste zuerst von innen die Zugbrücke herabgelassen werden. Und das bedurfte eines gewissen Verständnisses für die Gegenseite. Auch wenn es danach ständig vergiftete Pfeile in Form von Lügen und Halbwahrheiten regnen würde.

Die Burgmauern niederzureißen und einen Eispanzer aus Schweigen zu durchbrechen bedeutete harte Arbeit. In der Not half dann nur noch das bekannte Sprichwort weiter: »Leichte Schläge auf den Hinterkopf erhöhen das Denkvermögen.« Eine Lüge hingegen war wie ein bunter Vogel in einer weißen Winterlandschaft. Sie zu erkennen stellte selten ein Problem dar. Gute Lügner gab es kaum. Eine perfekte Lüge musste ganz nah bei der Wahrheit liegen, um nicht als eine solche erkannt werden. Die meisten Lügner schmückten ihre Berichte jedoch so farbenfroh wie möglich aus und erwähnten Details, die sie eine Stunde später bereits wieder völlig vergessen hatten. Außerdem lächelten sie an unpassenden Stellen, spielten mit ihren Fingern und senkten den Blick. Berufsverbrecher wussten, dass Lügen kurze Beine hatten, und hielten sich stattdessen lieber an die Regel »Quatsch nicht, Krause«. Oder sie gaben nur das zu, was ganz offensichtlich war.

Simon Landshoff gehörte ganz eindeutig nicht zur Riege der Professionellen. Er war ein blutiger Laie, und zwar im wahrsten

Sinne des Wortes. Er wirkte sichtlich erleichtert, nun endlich etwas sagen zu dürfen. »Ein Makler hat Häuser im Angebot und sucht die passenden Käufer dazu. Ich hingegen ermittle im Auftrag meiner Kunden geeignete Objekte und sorge – falls es gewünscht wird – für die Finanzierung. Der Makler ist der Klavierspieler, ich bin der Pianist. Oder im Vergleich mit militärischen Rängen: Ein Makler zählt als Unteroffizier, ich hingegen bin der Hauptmann.«

»Aber ich muss Sie jetzt nicht als Herr Hauptmann anreden, nicht wahr?«

Simon Landshoff lächelte verlegen. »Nein, natürlich nicht. Das war lediglich ein Vergleich.«

»Schlägt sich das höhere Niveau auch im Wert der Häuser nieder?«

»Selbstverständlich. Makler verhökern Kätnerklitschen in den Vorstädten. Ich hingegen vermittle Renditeobjekte im Stadtzentrum und hochherrschaftliche Häuser am See.«

Der Kommissar kratzte sich am Kopf. »Aha, ich verstehe. Wenn ich also nach Ihrer Haftentlassung zu Ihnen käme und sagte, ich würde eine Villa mit Remise suchen, die auf einem dreitausend Quadratmeter großen Grundstück in Waldnähe gelegen sein soll, dann würden Sie mir im Handumdrehen ein solches Anwesen besorgen können, einschließlich einer ausreichenden Hypothek?«

»Sicherlich, sofern Sie über die entsprechenden finanziellen Mittel verfügen«, antwortete Simon Landshoff reichlich blasiert.

»Dann verdienen Sie also sehr gut in Ihrem interessanten Beruf?«

»Ich kann nicht klagen.«

Der Kommissar runzelte die Stirn und fragte nach: »Nehmen wir einmal an, es ist so, wie Sie es sagen. Weshalb wohnen Sie dann zur Untermiete bei einer Wirtin namens Siegmunde Wallmeyer, und zwar am Arsch der Welt in der Christianastraße? Das ist eine Gegend, wo die meisten Menschen noch nicht einmal tot überm Zaun hängen wollten.«

Der Agent für Häuser und Hypotheken zuckte zusammen, als hätte er einen Schlag mitten ins Gesicht bekommen. Seine Selbstsicherheit war verflogen. »Ich, ich stehe erst ganz am A-Anfang meiner Ka-Karriere«, stotterte er.

»Wie viele Villen haben Sie bislang vermittelt?«

Der Agent senkte den Kopf. »Noch gar keine.«

»Hochherrschaftliche Häuser?«

»Ebenso wenig.«

»Andere Objekte?«

»Null.«

Der Kommissar schaute auf die Karteikarte mit dem Signalement. »Sie sind 1855 geboren worden und dürften seit den glorreichen Jahren 1870, 1871 flügge sein, als wir die Franzmänner in ihre Schranken wiesen und die Geburtsstunde des Deutschen Reichs feiern durften. Was haben Sie in den vergangenen zwanzig Jahren getan, um das für Ihren Lebensunterhalt notwendige Klimpergeld zu verdienen?«

»Muss ich darauf antworten?«

»Scheißt der Bär in den Wald?«

»Nun, also gut. Ich war Kassenbote in der Lichtenberger Essigfabrik. Sie gehört dem Kommerzienrat Oscar von Kröchlendorf.«

»Weil wir vorhin bei militärischen Rängen waren: Ein Kassenbote dürfte vom Dienstgrad her ein Muschkote sein. Das reimt sich sogar: Kassenbote und Muschkote. Hm, hm, Essigfabrik. Sauer macht lustig. Deshalb haben Sie sich selbst zu einem Hauptmann der Branche befördert und dabei den Unteroffiziersdienstgrad eines Maklers übersprungen. In der Kürze liegt die Würze. Oder hat der Herr von Kröchlendorf zu Ihnen gesagt: ›Mein Junge, du hast das Zeug zu Größerem? Du trägst den Marschallstab im Tornister? Geh in Gottes Namen, aber geh?‹«

»Nein, der Herr Kommerzienrat war sehr verärgert, als ich zu ihm sagte, dass ich ihn verlassen werde. Aber ich musste es tun. Ich wollte meiner Angebeteten imponieren. Sie sollte zu mir aufschauen können. Ich wollte ihr ein besseres Leben bieten.«

»Ist es Ihnen gelungen?«

»Das mit dem Aufschauen schon. Das mit dem besseren Leben leider nicht.«

»Welchen Beruf übte Ihr Liebchen aus?«, fragte Paul Bärenzung nach.

»Sie war eine Näherin und Häklerin.«

»Aber ihre wahre Begabung lag auf einem ganz anderen Gebiet, nicht wahr?«

Simon Landshoff fühlte sich sichtlich unwohl in seiner Haut. Er antwortete zögernd: »Sie hat sich nebenbei noch ein paar Groschen dazuverdient, ja.«

»Sie war eine Gelbseidene, ein Schnurrmädchen«, stellte der Kommissar fest.

»In der Tat. Aber es hat ihr keinen Spaß gemacht. Ich wollte sie aus diesem Milieu herausholen.«

»Deshalb spielten Sie den großen Macker?«

»Gewiss. Bei mir war es Liebe auf den ersten Blick. Sie schien für mich im Laufe der Zeit allmählich ebenfalls echte Zuneigung zu empfinden. Sie hat sich immer sehr gefreut, wenn ich sie besuchen kam. Wir haben häufig über private Dinge gesprochen, wie es Verliebte eben so tun. Sehen Sie, ich habe bei Frauen keinen guten Stand. Sie schimpfen mich ›Axolotl‹ oder ›Albino‹. Sally war da ganz anders. Sie hat mit ihren wunderhübschen blauen Augen in mein Inneres geschaut und sich dabei nicht von Äußerlichkeiten beeinflussen lassen.«

Der Kommissar hatte zwar keine Ahnung, was um Himmels

willen ein Axolotl sein mochte, aber es interessierte ihn auch nicht. Stattdessen wollte er wissen: »Bisher kann ich Ihnen folgen. Sie wollten Ihrer vermeintlichen Geliebten imponieren. Weshalb kamen Sie jedoch auf die Schnapsidee, Ihre sichere Stelle als Laufbursche in der Essigfabrik aufzugeben und stattdessen Vermittler für Luftschlösser zu werden?«

»Als Kassenbote kann ich sehr gut rechnen, das gehört zum Grundwissen. Aus der Zeitung habe ich erfahren, dass ein großer Bedarf an Agenten für Häuser und Hypotheken besteht, weil Berlin so rasant wächst. Es ist ein Beruf mit Zukunft. Deshalb habe ich mir einige Bücher gekauft und mich in meinen freien Stunden weitergebildet. Ich war sozusagen mein eigener Privatdozent und habe vor mir selbst die nötigen Prüfungen abgelegt.«

»Aber der Erfolg blieb dennoch aus.«

»So kann man das nicht sagen. Was mir lediglich fehlte, war das nötige Startkapital, um ein Bureau einzurichten. Auch ein eigener Telephonanschluss wäre unabdingbar gewesen.«

»Und diese Anschubhilfe sollte Ihnen Ihre Metze zuschießen?«

»Nein, auf gar keinen Fall. Ich hätte niemals auch nur einen Pfennig von ihr angenommen. Dazu musste sie sich ihr Geld zu hart verdienen.«

Der Kommissar bohrte nach: »Wo sollte dann der nötige Kassenvorrat herkommen? Als Kommis mit einem kostspieligen Steckenpferd werden Sie wohl kaum auch noch zum Sparen gekommen sein?«

»Das ist wohl wahr. Ich konnte mir beim besten Willen nichts auf die Seite legen. Stattdessen hatte ich mir eine sichere Geldquelle erschlossen.«

»Aha, interessant. Haben Sie etwa das Aktiendepot vom Herrn Kommerzienrat aufgelöst?«

»Nein, auch das wäre mir nicht einmal im Traum eingefallen. Sehen Sie, im Firmenpanzerschrank gibt es ein separates Schließfach. Es ist immer abgeschlossen. Den Schlüssel trägt der Herr Kommerzienrat ständig um den Hals. In dieser Frage traut er niemandem.

Eines Tages stand das Türchen zufällig offen. Ich habe nachgeschaut. In der Tat lagen dort jede Menge an Schuldverschreibungen, Wechseln und Pfandbriefe. Aber ich habe mich nicht getraut, davon etwas beiseitezuschaffen. Der Verdacht wäre sofort auf mich gefallen. Deshalb habe ich kein Fitzelchen davon angerührt. Aber ganz zuunterst fand ich einen Umschlag aus festem braunem Papier. Er war nicht versiegelt. Ich hab hineingeschaut. Der Inhalt war viel mehr wert als jede Aktie. Und mein Dienstherr würde das Kuvert kaum vermissen, denn so wie es schien, war es seit Jahrzehnten nicht mehr angerührt worden. Höchstwahrscheinlich hatte Herr von Kröchlendorf inzwischen längst vergessen, dass er diese Papiere jemals besessen hatte.«

»Gut, zum Inhalt der Dokumente kommen wir noch. Kehren wir jedoch zunächst zu Ihrer Bajadere zurück. Sie haben das gute Kind in Ihre Pläne eingeweiht, doch anstatt des erwarteten Lobes haben Sie nur Spott und Häme geerntet?«

Simon Landshoff fing ganz unvermittelt heftig an zu schluchzen. Tränen liefen ihm die Wangen herab. Unter tränenerstickter Stimme stieß er hervor: »Ich habe sie geliebt, von ganzem Herzen geliebt. Und ich Narr glaubte, sie würde Ähnliches für mich empfinden. Doch als ihr sagte, ich wolle sie für immer mit mir nehmen und sie heiraten, hat sie mich völlig entsetzt angeschaut und gefragt, ob ich von allen guten Geistern verlassen sei. Daraufhin erzählte ich ihr, dass wir bald sehr reich sein würden. In dem Moment hat sie völlig den Verstand verloren. Sie spuckte mir ins Gesicht und schrie voller Wut, dass ich für sie nichts weiter als ein Kunde sei, und zwar einer von der unangenehmen Sorte. Jede Berührung von mir ekle sie an. Nur um mich vom Liebesspiel abzuhalten, habe sie mit mir pausenlos geredet und mir frei erfundene Geschichten erzählt. In Wahrheit habe sie hinterher jedes Mal brechen müssen, wenn ich sie intim berührt hatte.

Das war zu viel für mich. Ich bin ausgerastet, habe den Dolch aus der Scheide gerissen und wie von Sinnen auf sie eingestochen.« Der Untersuchungshäftling schrie auf einmal seine gesamten Frustrationen heraus: »Ich bin auch nur ein Mensch. Ich habe Empfindungen. Weshalb wollen mich alle anderen ständig nur erniedrigen und demütigen? Der Kommerzienrat beispielsweise …«

»Schön, schön. Zu den weiteren Einzelheiten kommen wir später.«

*

Es war früher Nachmittag geworden. Die große Glocke der Marienkirche schlug viermal. Ein tiefes *Bamm Bamm Bamm Bamm* erklang. Die Klosterkirche und die Parochialkirche antworteten jeweils mit einem feinerem *Bimm Bimm Bimm Bimm.* Louis von Angern schreckte aus einem leichten Halbschlaf auf und verstaute die Kanzleipapiere, die zu lesen er sich gar nicht erst die Mühe gegeben hatte, wieder im Sekretär. Morgen war auch noch ein Tag. Der Mörder hatte ein umfassendes Geständnis abgelegt. Alles andere war nebensächlich.

Als der Dezernatsleiter gerade gehen wollte, klingelte das Telephon. Das Fräulein vom Amt meldete eine Verbindung mit dem Büro des Reichskanzlers Leo Graf von Caprivi, der vor drei Jahren die Nachfolge des legendären Otto von Bismarck angetreten hatte. Kurz darauf ertönte eine befehlsgewohnte militärische Stimme aus dem Hörer: »Hier spricht Heinrich Graf von Schlagenthin, der persönliche Sekretär des Reichskanzlers. Sind Sie das, von Angern?«

»Jawohl, Eure Exzellenz!«

»Hören Sie gut zu, was ich Ihnen zu sagen habe. Seine Majestät musste gestern zu seinem Leidwesen aus der Presse von dem grausamen Mord an dieser armen Dirne erfahren. Hat der Täter gestanden?«

»Jawohl, Eure Exzellenz!«

»Seine Majestät hat sich an den Reichskanzler persönlich gewandt. Seine Majestät wünscht, dass ein Exempel statuiert wird, und zwar rasch. Wir wollen hier keine New Yorker Verhältnisse haben.«

»Jawohl, Eure Exzellenz!«

»Ich habe Staatsanwalt Hugo von Beguelin damit beauftragt, sich der Sache anzunehmen. Lassen Sie morgen vor Dienstbeginn die Akten in sein Büro schaffen. Wir wollen einen zügigen Prozess, ein promptes Urteil und eine flotte Hinrichtung. Verstanden?«

»Jawohl, Eure Exzellenz.«

»Hugo von Beguelin ist ein guter Mann. Er wird die Sache völlig unspektakulär und rasch über die Bühne bringen. Als Richter werden wir diesmal Emil von Frankenberg-Ludwigsdorf nehmen. Er hat in letzter Zeit nur noch Bagatellfälle bearbeitet und wird sich freuen, kurz vor seiner Pensionierung noch einmal das volle Strafmaß ausschöpfen zu können.«

»Jawohl, Eure Exzellenz.«

»Wie geht es der guten Frau Gemahlin? Was machen die lieben Kleinen?«

»Meine Gattin ist eine treusorgende Ehefrau. Sie geht mit Eifer in ihren häuslichen Pflichten auf. Und der Nachwuchs hat sich für eine akademische Laufbahn entschieden. Der Filius studiert Jura, und das Töchterlein widmet sich mit Hingabe den medizinischen Wissenschaften, soweit sie jedenfalls als Frau Zugang erlangen kann.«

»Respekt, mein Bester, Respekt. Diese beiden Berufe sollten in jeder ordentlichen Familie vertreten sein: ein Rechtsanwalt für die äußeren und ein Arzt für die inneren Problemchen. Grüßen Sie bitte alle recht herzlich von mir.«

»Jawohl, Eure Exzellenz.« Danach wurde der Hörer am anderen Ende aufgelegt.

Von Angern klingelte nach dem Justizwachtmeister Max Bähne. Der Mann klopfte kurz darauf an, öffnete die Tür und salutierte.

»Mein lieber Bähne, ich brauche sofort den kompletten Akt *Landshoff, Simon versus Dennerlein, Sally*. Ich stelle derweil die Übergabeorder aus. Anschließend schaffen Sie das Konvolut hinüber zur Staatsanwaltschaft zu Händen von Staatsanwalt Hugo von Beguelin und lassen sich den Empfang quittieren. Verstanden?«

»Jawohl, Eure Exzellenz!« Der Justizwachtmeister trat wieder ab.

Nun begab sich Louis von Angern ohne Umwege nach Hause. Er wollte nicht noch eine weitere Störung erleben.

Der Polizist wohnte nicht weit von seiner Arbeitsstätte entfernt auf der Ostseite der Potsdamer Straße. Die Gegend am Rande des Tiergartenviertels war noch gutbürgerlich zu nennen, obwohl der Komfort der Gebäude dort schon längst nicht mehr der neuen Zeit entsprach. Die Wohnungen verfügten lediglich über Gasbeleuchtung, und es gab so gut wie nirgendwo Zentralheizung. Das Haus Potsdamer Straße 134c stammte aus dem Jahr 1847 und war damit ein Jahr jünger als der Kriminalinspektor. Hinter einer schlichten spätklassizistischen Fassade beherbergte es auf drei Etagen ebenso viele reguläre Mietparteien.

Das Domizil gehörte dem Souveränen Orden des heiligen Johannes. Die Ordensritter mit ihrer engen Bindung zur evangelischen Kirche traten für ein Leben in Bescheidenheit und Entsagung ein. Elektrisches Licht hielten sie offensichtlich für ein Werk des Teufels. Um der größeren Bequemlichkeit willen hatten sie jedoch wenigstens vor einigen Jahren im gesamten Haus Wasserclosetts einbauen lassen. Allerdings gab es nichts Gutes ohne etwas Schlechtes. Die Zugehfrau, die bis dahin einmal in der Woche mit einer Art Ochsenjoch die gefüllten Fäkalieneimer abtransportiert hatte, war dadurch arbeitslos geworden.

Zu den drei regulären Mietparteien gesellte sich der alleinstehende Hausmeister Ernst Krauthausen. Er lebte mietfrei, aber dafür weniger behaglich als der Rest der Bewohner. Er musste mit dem feuchten Souterrain vorliebnehmen, in das nur selten Sonnenstrahlen ihren Weg fanden und in dem es immer modrig roch. Der schimmlig-kalkige Mief setzte sich auch hartnäckig in der Kleidung fest. Deshalb bemerkten die Mieter den Hausmeister in der Regel, bevor sie ihn sahen.

Die Familie von Angern hatte die Beletage bezogen. Dort standen ihr vier Zimmer, Küche und Kammer zur Verfügung. Im Gegensatz zu den Wohnungen parterre und im zweiten Obergeschoss gehörte außerdem ein Stehbalkon dazu. Die Miete war mit siebzig Mark relativ günstig. Sie und die gute Lage hatten vor acht Jahren den Ausschlag gegeben, die Bleibe zu nehmen.

Doch eigentlich war das Quartier viel zu klein. Es gab nämlich – wie von Angern gegenüber dem Sekretär des Reichskanzlers am Telephon erwähnt hatte – zwei erwachsene Kinder, die beide noch zu Hause wohnten: den 1873 geborenen Sohn Trauthelm Louis von Angern und die ein Jahr später zur Welt gekommene Tochter Florentine Therese von Angern. Trauthelm belegte die Fachrichtung Jurisprudenz an der Friedrich-Wilhelm-Universität. Florentine hatte sich an der Humboldt-Akademie eingeschrieben. Sie hoffte, später einmal Medizin studieren zu können, wenn sich im Deutschen Kaiserreich so wie in Neuseeland das Frauenwahlrecht durchgesetzt hatte.

Louis von Angern hatte bis zur Leipziger Straße den Omnibus genommen. Den Rest des Weges war er zu Fuß gelaufen. Gegen fünf Uhr öffnete er die Wohnungstür. Seine Ehefrau Therese, eine geborene von Frantzius, kam aus der Küche geeilt. Sie war noch immer eine attraktive Erscheinung mit lockigem brünettem Haar und einem vollen Busen. »Herr Theodor hat bereits voller Ungeduld nach dir verlangt. Es scheint wichtig zu sein. Du solltest am besten gleich zu ihm hinaufgehen.«

»Eile mit Weile«, entgegnete ihr Ehemann. »Ich habe einen harten Tag hinter mir. Zuerst werde ich mir einen Topf Kaffee einverleiben und die *Vossische Zeitung* zu Gemüte führen. Außerdem bleibt mir keine andere Wahl. Wenn der alte Zausel wieder einen Artikel veröffentlich hat und ich ihn noch nicht gelesen habe, wird er grantig. Übrigens hat sich heute seine Durchlaucht Heinrich Graf von Schlagenthin nach deinem werten Befinden erkundigt.«

»Was hast du ihm gesagt?«, wollte Therese wissen.

»Die Wahrheit und nichts als die Wahrheit. Ich verriet ihm, dass du eine treusorgende Ehefrau bist, die mit Feuereifer in ihren häuslichen Pflichten aufgeht.«

Therese warf mit einem nassen Lappen nach ihm. »Du bist ein Scheusal. Erinnerst du dich noch an die schöne Zeit, als du nach der Schlacht von Weißenburg schwerverwundet mit einem Lungendurchschuss, zwei verletzten Rippenbögen, einem zerschossenen Trapezmuskel und lädierten Zwischenrippennerven invalid daniederlagst und nur noch um einen raschen Tod flehtest? Wer hat dich damals im Sanatorium gesund gepflegt und dir neuen Lebensmut gegeben? Das war ich, dein treusorgendes Eheweib. Wie gerne wäre ich Ärztin geworden, aber Frauen ist bis zum heutigen Tag der Zugang zu diesem Studium verwehrt. Ich hoffe nur, dass unser kleiner Spatz ihr ehrgeiziges Ziel an meiner statt erreichen mag.«

»Komm her, mein Schatz!«, rief Luis von Angern aus und versuchte seine Frau zu küssen. Therese wehrte sich erst nach Leibeskräften. Doch dann ließ ihr Widerstand allmählich nach und sie erwiderte die Zärtlichkeiten.

Gegen sechs Uhr am Abend stieg der Kriminalinspektor ins zweite Obergeschoss hinauf, wo der Schriftsteller Theodor Fontane seit über zwanzig Jahren wohnte. Trotz des großen Altersunterschieds – der berühmte Dichter war siebenundzwanzig Jahre älter als der Polizist – hatten sich die beiden Männer miteinander angefreundet. Das lag hauptsächlich in ihrer beider Liebe zum Theater begründet. Die Familie von Angern besuchte regelmäßig das Berliner Schauspielhaus und ließ nach Möglichkeit keine Premiere aus. Theodor Fontane war seit über zwanzig Jahren Theaterkritiker bei der *Vossischen Zeitung*. Er kannte alle Schauspieler und das gesamte Personal. Vom Intendanten über den Bühnenmeister bis hin zum letzten Kartenabreißer wurde er von jedem mit Handschlag begrüßt, dem er im Theater begegnete.

1892 war Theodor Fontane an einer schweren Grippe erkrankt. Mehrere Tage lang stand sein Leben auf der Kippe. Er halluzinierte, das Fieber stieg unaufhörlich. Der Autor litt unter starken Schmerzen in der gesamten Muskulatur, heftigen Kopfschmerzen, Schwindelanfällen, Ohrensausen, Herzrasen und Krämpfen. Seine Milz war stark angeschwollen, und der Puls schlug unregelmäßig.

Starke Gaben von Phenacetin, Antifebrin und Antipyrin brachten zwar eine allmähliche Linderung und führten zum Abklingen der Krankheit, doch die Nebenwirkungen bestanden in monströsen Vergiftungserscheinungen, die zu einem völligen psychischen und physischen Zusammenbruch Fontanes führten. Der Dichter konnte nicht mehr schlafen und war völlig unfähig zu arbeiten. Sein Hausarzt Dr. Wilhelm Delhaes verabreichte ihm Morphium. Damit sollten die Zentren der bewussten Empfindung im Gehirn gelähmt, die Körpertemperatur leicht abgesenkt, die Tätigkeit des Atmungszentrums sowie des Rückenmarks herabgesetzt und auf diese Weise ein Schlaf erzeugt werden, der sich vom natürlichen physiologisch nicht unterscheiden ließ. Doch die Dosis war zu hoch. Sie führte zu schweren Depressionen.

In seiner ganzen Not reiste Fontane am 24. Mai 1892 mit seiner Ehefrau Emilie und der Tochter Mete ins Riesengebirge. Doch die dreimonatige Kur in Zillerthal-Erdmannsdorf brachte keine Linderung. Der Schriftsteller war fast am Ende seiner Kräfte, als er den bekannten Psychiater Dr. Albert Hartstock in Breslau aufsuchte. Fontane klagte vor allem über Mattigkeit, Schlaffheit des Denkens und starke Kopfschmerzen. Der Arzt stellte eine Gehirnanämie (also einen krankhaft verminderten Blutgehalt) fest und verordnete Chinin sowie Elektroschocks. Die Prognose war niederschmetternd: Sollte die Behandlung nicht anschlagen, werde Fontane in Kürze dem kompletten Wahnsinn verfallen und müsse für immer ins Irrenhaus gesteckt werden. Eine Lobotomie, also eine mechanische Durchtrennung der Stirnhirn-Thalamus-Verbindung, sei zu riskant, weil sie zwar sicherlich die Anämie beheben könne, aber in der Regel zu einem dauerhaften Ausfall wichtiger Gehirnregionen führe. »Das wäre, als wollte man den Teufel mit dem Beelzebub austreiben«, meinte Dr. Hartstock.

Völlig deprimiert kehrte der Schriftsteller nach Berlin zurück. Er wusste, was passieren würde. Tag für Tag würde er der Idiotie und der völligen Verblödung einen Schritt näher kommen. Bald, sehr bald würde er nur noch lallen und seine engsten Angehörigen nicht mehr erkennen.

Sein Hausarzt Dr. Delhaes hatte sich auch keinen Rat mehr gewusst und deshalb einen allerletzten, verzweifelten Schritt gewagt. Er hatte sämtliche Medikamente abgesetzt und wider besseres Wissen behauptet, die Elektroschocks hätten in wundersamer Weise angeschlagen. Die Krankheit sei nun völlig überwunden. Der Patient müsse sich allerdings noch einige Zeit lang schonen. Völlige Ruhe sei angezeigt. Außerdem müsse der Geist ständig trainiert werden. Am besten gelinge dies, wenn Fontane seine Kindheitserinnerungen zu Papier bringen und alle möglichen Rätsel wie Logogriphen (Buchstabenrätsel), Arithmogriphen (Zahlenrätsel), Palindrome (vor- und rückwärts zu lesende Wörter), Homonyme (Wörter mit verschiedenen Bedeutungen), Silbenrätsel und Bilderrätsel lösen werde. Die Aufgabe des Kriminalinspektors bestand nun darin, ständig für Nachschub an neuen kniffligen Denksportaufgaben zu sorgen.

»Ach, da kommen Sie nun endlich«, lamentierte Emilie Fontane, als von Angern an die Tür pochte. »Nur herein, nur herein, wenn es kein Schneider ist. Er hat schon mehrfach nach Ihnen verlangt. Was darf ich Ihnen anbieten? Wäre eine gute Tasse Fliedertee recht, oder sollte es etwas anderes sein?«

»Ich liebe Fliedertee, meine gute Frau Fontane, zu jeder Tages- und Nachtzeit. Das wissen Sie doch ganz genau.« Sie wusste allerdings, dass er log, und er wusste, dass sie das wusste. Aber es ging einzig und allein um die Gesundheit des Dichters. Fontane musste derzeit auf sämtliche geistigen Getränke und Coffein in jeglicher Form verzichten. Selbst ein kleines Gläschen Portwein zur Nacht war nicht mehr erlaubt.

Theodor Fontane stand mittlerweile in seinem vierundsiebzigsten Lebensjahr. Er war ein ehrwürdiger Greis mit schlohweißem Haupthaar und fliehender Stirn. Nicht zuletzt durch seinen Walrossbart und die buschigen Augenbrauen ähnelte er auf verblüffende Weise Otto Graf von Bismarck, dem Eisernen Kanzler.

Fontanes Arbeitszimmer wurde von einem schlichten weißen Kachelofen und einem ausladenden Schreibtisch mit gedrechselter Balustrade dominiert, auf dem allerlei Tinnef wie eine geschnitzte Hand und kleine Porträtbüsten von Goethe und Schiller standen. Ohnehin war der Schriftsteller ein großer Verehrer der beiden Dichterfürsten, deren Andenken er durch große Gipsmedaillons ehrte, die rechts an der Wand und hinten über der Tür hingen.

»Da sind Sie ja endlich«, wiederholte Fontane fast wortgleich die Begrüßungsansprache seiner Frau und schüttelte seinem Gast freudig die Hand. »Nehmen Sie doch bitte Platz. Am besten dort auf dem Kanapee neben dem Kachelofen. Dort ist ja schließlich Ihr Stammplatz. Wird bereits für Ihr leibliches Wohl gesorgt?«

Von Angern nickte.

»Das ist gut, das ist gut. Ich verspürte ein dringendes Verlangen nach Ihrer Gesellschaft. Haben Sie mir einen spannenden Fall aus Ihrer Amtsstube mitgebracht?«

Der Polizist schüttelte bedauernd den Kopf. »In letzter Zeit gab es nur Routinefälle, die allesamt sofort aufgeklärt werden konnten. Es gab nichts, aber auch reineweg gar nichts, was auch nur im Entferntesten einen Hauch des Mysteriösen gehabt hätte.«

»Was ist denn mit dem schrecklichen Mord an dieser Liebesdienerin, von dem gestern die Zeitungen berichteten?«

»Ein Mord, fürwahr, ist immer ein abscheuliches Verbrechen, weil der oder die unmittelbar Betroffene für ewig und alle Zeiten dieses irdische Jammertal verlassen musste, und zwar unfreiwillig und ohne jede Möglichkeit der Wiederkehr. Allerdings gibt es trotzdem Abstufungen auf der Skala der Grausamkeiten. Ein sauberer Schuss in die Schläfe hat eine ganz andere Dimension als diese jüngst erfolgte brutale Hinrichtung der Konkubine durch ihren Freier. Aber der Mann hat ein volles Geständnis abgelegt. Er wollte sich nicht länger als ein Freier, sondern als ein Liebhaber aufführen und wurde verschmäht. Diese Kränkung hat er nicht verwunden.

Aber keine Angst, mein lieber Freund. Berlin ist nicht nur die Hauptstadt des Deutschen Reichs, Berlin wird auch allmählich zur Hauptstadt des Verbrechens. Vielleicht schon morgen werden neue Fälle auf meinen Tisch purzeln, deren Lösung die Verstandeskraft eines Geistesheroen erfordert.«

»Und wo wollen Sie diesen Geistesriesen so schnell hernehmen?«, fragte Fontane schmunzelnd. »Kennen Sie zufällig eine Person, die sich mit diesem überaus seltenen Prädikat schmücken kann?«

3. Der Tote im Zug

Der ganze Zwischenfall, von dem ich damals einen starken Eindruck empfing, ist mir nie wieder aus dem Gedächtnis entschwunden.
Theodor Fontane,
Autobiographische Schriften

BERLIN, 1. APRIL 1893

In Berlin gab es etliche Fernbahnhöfe. Der Anhalter Bahnhof an der Königgrätzer Straße und unweit der Belle-Alliance-Friedens-Säule zählte zu den schönsten und modernsten. Er war 1880 als ein Kopfbahnhof eingeweiht worden und zeichnete sich durch ein frei schwebendes, vierunddreißig Meter hohes Hallendach aus. Dieses Wunderwerk der Ingenieurskunst ruhte auf einer fachwerkähnlichen Konstruktion aus Eisenbindern und überspannte einen Raum von über zehntausend Quadratmetern.

Vom Anhalter Bahnhof aus verkehrten die regionalen Schnellzüge nach Sachsen, Frankfurt am Main und München, aber auch die überregionalen Eisenbahnlinien der Internationalen Schlafwagengesellschaft CIWL, die bis weit nach Österreich, Ungarn, Frankreich und Italien führten.

Am Samstag, dem 1. April 1893, ging der Bahnhofsvorsteher Hermann Banck einige Minuten vor der Zeit zum Bahnsteig C, um den Nachmittagszug in Richtung Leipzig abzufertigen. Es war kurz vor drei Uhr. Zu dieser Zeit herrschte nur wenig Publikumsverkehr. In der weitläufigen Bahnhofshalle war es deshalb relativ ruhig. Die Gepäckträger in ihren schwarzen Uniformen und steifen Kappen standen gelangweilt in einem Grüppchen herum, rauchten und schwatzten leise. Der Zeitungsjunge war für eine Weile verstummt (was seiner krächzenden Stimme nur guttat), denn es mangelte ihm an potentieller Kundschaft. Sogar die Taschendiebe hatten die Hoffnung auf einen schnellen Coup aufgegeben und warteten im Freisitz vis-à-vis vom Gleis F auf den Ansturm zum Feierabend.

Als Hermann Banck den Zug erreicht hatte, blieb er – entsprechend der preußischen Abfertigungsvorschrift – in der Höhe der Schlussleuchten des letzten Wagens stehen. Auf diese Weise konnte er den D-Zug in seiner gesamten Länge übersehen. Insgesamt waren an die schwarz glänzende Dampflokomotive fünf dunkelgrüne Eisenbahnwaggons angekoppelt worden: Ein Gepäckwagen machte den Anfang, darauf folgten je ein Waggon dritter und zweiter Klasse, dann kam der Salonwagen und den Abschluss bildete der Waggon der ersten Klasse mit seinen breiten Trittbrettern vor den einzelnen Abteilen und den blitzenden Haltestangen aus Messing.

Die Lokomotive zischte und fauchte abfahrbereit. Metall knirschte auf Metall, wenn das Ungetüm hin und wieder voller Ungeduld leicht anruckte. Heißer Wasserdampf entwich aus den Ventilen und kroch als weißer Bodennebel über den Bahnsteig. Der Heizer überprüfte das Manometer und warf noch eine Schippe auf. Der Lokomotivführer trug eine speckige Ledermütze und schaute aus dem seitlichen Fenster, um das Abfahrtssignal nicht zu verpassen. Vor dem Salonwagen stand der Zugführer in seiner grünen Uniform. Eine breite bestickte Schärpe ging ihm schräg über die Brust. Der Erste Schaffner, ebenfalls uniformiert, aber ohne Schärpe, hatte vor dem Packwagen Aufstellung genommen. Auch die Blicke dieser Männer ruhten fest auf dem Bahnhofsvorsteher.

Hermann Banck hielt die rotweiße Kelle mit dem schwarzen Stiel in der rechten Hand. Er sah hinauf zur großen runden Bahnhofsuhr, die direkt über dem Bahnsteig C hing. Der Minutenzeiger stand kurz vor der Zwölf. Noch ein winziger Ruck, und es würde Punkt drei Uhr sein. Zur Sicherheit warf der Bahnhofsvorsteher einen prüfenden Blick auf seine silberne Taschenuhr. Es gab keine Differenz. Der korrekten Zugabfertigung stand nichts mehr im Wege.

Doch dann passierte etwas Unerwartetes. Es gab plötzlich einen Knall. Hermann Banck hörte ihn ganz deutlich. Auf einem Bahnhof war ständig Lärm. Manchmal wurde er ohrenbetäubend laut. Aber es gab keine Explosionen. Auf einem Bahnhof war der Gebrauch von Schusswaffen untersagt. Auch ein Polizist durfte nicht auf einen flüchtenden Verbrecher feuern, weil die Gefahr zu groß war, dass ein unbeteiligter Reisender getroffen wurde.

Doch an diesem 1. April hatte es auf dem Anhalter Bahnhof um Punkt drei Uhr nachmittags trotz alledem einen Knall gegeben. Das führte in letzter Konsequenz dazu, dass der Schnellzug Berlin-Leipzig erst sehr viel später aus der Bahnhofshalle rollen konnte und weit über der Zeit an seinem Bestimmungsort in Sachsen eintraf.

Wodurch der Knall ausgelöst worden war, lag zunächst noch im Dunklen. Auf dem Bahnsteig fuchtelte niemand mit einem Schießeisen herum. Jeder Normalbürger hätte das scharfe *Plopp*, das wohl aus dem Erste-Klasse-Waggon nach außen gedrungen war, wahrscheinlich überhört oder es für etwas ganz anderes gehalten. Aber Hermann Banck war in seiner Jugend im Deutsch-Französischen Krieg gewesen und mit einem steifen Bein als Lohn nach Hause zurückgekehrt. Dieses Malheur hatte ihn jedoch nicht davon abhalten können, zahlendes Mitglied in einem Kriegerverein zu werden. In dieser Eigenschaft besaß er mehrere private Schusswaffen und übte regelmäßig ihren Gebrauch. Diesem Umstand war es zu verdanken, dass er den Knall, der an seine Ohren drang, auf Anhieb identifizieren konnte: Jemand hatte in einem der Abteile einen kleinkalibrigen Revolver abgefeuert! So etwas war in D-Zügen absolut unüblich und wurde deshalb auch in keiner Dienstvorschrift erwähnt.

Der Bahnhofsvorsteher war noch mit Grübeln beschäftigt, als er im nächsten Moment eher unbewusst bemerkte, wie ein Reisender im braunen Mantel mit einem breitkrempigen Kalabreser-Hut auf dem Kopf die Tür des letzten Erste-Klasse-Abteils öffnete, vorschriftsmäßig mit der linken Hand den linken Griff erfasste und mit dem Rücken zum Perron auszusteigen begann.

Für Hermann Banck waren das zwei völlig unterschiedliche Ereignisse. Er konnte keinen Zusammenhang zwischen dem Schuss und dem aussteigenden Mann im braunen Mantel erkennen. Es gehörte zum Alltagsgeschehen auf Bahnhöfen, dass zerstreute Passagiere kurz vor dem Abfahrtssignal ihre Pläne änderten und den Zug sausen ließen. Der eine hatte zu Hause einen Topf auf dem Herd stehen lassen, der andere seine Brieftasche vergessen und ein dritter plötzliche Sehnsucht nach seiner Geliebten bekommen. Aus diesem Grund schenkte Hermann Banck dem Mann im braunen Mantel keine besondere Aufmerksamkeit. Weshalb hätte er dies auch tun sollen? Doch als der Fahrgast bereits mit einem Fuß auf dem Bahnsteig stand, bemerkte er seitlich von sich den Bahnhofsvorsteher, der nach wie vor am Zugende stand. Der Reisende machte auf der Stelle kehrt, kletterte wieder hinauf und zog sich in das Abteilinnere zurück.

Diese Handlungsweise war mehr als seltsam. Hermann Banck wurde stutzig. Instinktiv trat er einige Schritte zurück. Im nächsten Augenblick sah er, wie der Fremde auf der falschen Seite aus dem Zug sprang. Das war selbstverständlich streng verboten und konnte lebensgefährlich werden, wenn ein anderer Zug einlief.

Hermann Banck kannte die Dienstvorschriften in- und auswendig. Er hatte sie quasi mit der Muttermilch eingesogen. Deshalb griff er sofort nach seiner vernickelten Trillerpfeife, die an einem schwarz-weiß-roten Band um seinen Hals hing, und blies mit voller Lungenkraft hinein. Seine Backen blähten sich wie bei einem liebeskranken Ochsenfrosch. Doch obwohl der schrille Pfiff weder zu überhören noch misszuverstehen gewesen sein konnte, ignorierte ihn der Mann im braunen Mantel völlig. Er ließ die Obrigkeit Obrigkeit sein und hielt nicht einen Moment lang inne. Stattdessen rannte er quer über die Gleise, hechtete mit einem einzigen gewaltigen Satz auf den gegenüberliegenden Bahnsteig, durchmaß das Drehkreuz der Sperre und eilte mit riesigen Schritten in Richtung Ausgang.

Der Bahnhofsvorsteher hatte zwar nicht in der ersten Reihe gestanden und »Hier!« gerufen, als der Verstand verteilt wurde, doch jetzt ging selbst ihm ein Seifensieder auf. Bei dem Flüchtenden musste es sich um den Schützen handeln! Noch wusste Hermann Banck nicht, auf wen und mit welchem Erfolg der Mann im braunen Mantel geschossen hatte. Aber die ihm dienstlich auferlegte Aufsichtspflicht ließ ihm keine andere Wahl: Die Ereignisse mussten umfassend aufgeklärt werden!

An eine Verfolgung war für ihn als Kriegsinvaliden nicht zu denken. Deshalb tat er das Einzige, was er tun konnte, und blies erneut, diesmal aber viel, viel gewaltiger, in seine Trillerpfeife. Der Pfiff hätte Tote aufwecken können. Deshalb vernahm ihn sogar der stark übergewichtige Gendarm Eduard Eppstädt, der gerade vor einem Pavillon mit einem Blumenmädchen flirtete, das seine Tochter hätte sein können. Widerstrebend unterbrach er das Techtelmechtel und blickte hinüber zum Bahnhofsvorsteher. Der rief ihm etwas zu. Aber die Entfernung war zu groß. Eduard Eppstädt verstand nur Bahnhof. Die Bruchstücke, die an sein Ohr drangen, wusste er nicht zu deuten. Er zuckte deshalb unwillig mit den Schultern.

Hermann Banck konnte zwar weder schnell denken, noch gut rennen, aber dafür trotz seines fortgeschrittenen Alters immer noch gut sehen. Er begriff, dass der Polizist nicht die Bohne begriffen hatte, und versuchte es folglich mit der Zeichensprache. Mit seiner Signalkelle wies er auf den davonlaufenden Mann, der gerade über die Treppe nach unten verschwand.

Jetzt fiel auch endlich bei dem Gendarmen der Groschen. Er begriff nun, was der Bahnhofsvorsteher von ihm wollte, und hetzte hinter dem Flüchtling her. Aber Eduard Eppstädt trug einen langen blauen Tuchmantel, schwere genagelte Stiefel, ein breites Lederkoppel und hatte einen langen Säbel umgeschnallt, der ihm beim Rennen schmerzhaft in die linke Seite schlug. Bereits nach wenigen Metern war der Gendarm völlig außer Puste. Draußen vor der Bahnhofshalle musste er die Hetzjagd aufgeben. Er war einem Herzinfarkt bedenklich nahe gekommen und pumpte wie ein Maikäfer. Aber er konnte deutlich sehen, wie der bereits weit entfernte Flüchtling die Schöneberger Straße in südwestlicher Richtung hinunterflitzte.

Für Fälle wie diesen gab es eine Dienstvorschrift. Der Polizist verwendete folglich das letzte Quentchen Luft, das ihm noch verblieben war, um in seine Signalpfeife zu blasen. Das Meldezeichen lautete »kurz-kurz-lang-lang« mit zweimaliger Wiederholung. Das bedeutete: »Verdächtiger auf der Flucht«.

Am Tempelhofer Ufer patrouillierte justament zur selben Zeit der frischgebackene Schutzmann Hans Plettner. Er schlenderte in Richtung der Schöneberger Straße. Bei seiner früheren Tätigkeit als Busschaffner hatte er schon oft im Straßenverkehr Polizeipfeifen gehört. Aber als Berufsanfänger kannte er noch nicht die genaue Bedeutung der Signale. Doch als er sah, wie am oberen

Ende der Straße ein Mann im braunen Mantel im hohen Tempo um die Kurve gesaust kam, hegte er nicht den geringsten Zweifel darüber, wie seine dienstliche Pflicht in diesem Moment aussah. Er zog den Polizeiknüppel aus der Schlaufe, schwang ihn wie ein Schwert hoch in die Luft und stürmte los.

Der Mann im braunen Mantel hatte die Arme angewinkelt und den Oberkörper nach vorne gebeugt, um schneller vor der Gefahr in seinem Rücken wegrennen zu können. Auf das, was vor ihm lag, achtete er nicht sonderlich. Einige Sekunden später schaute er dann doch einmal auf. Der Läufer erblickte den Schutzmann, der auf ihn zu kam, bremste so stark ab, dass beinah die Schuhsohlen qualmten, machte auf den Absätzen kehrt und verschwand in dieselbe Richtung, aus der er gekommen war.

Hans Plettner folgte ihm unverdrossen. Kurz darauf lief er an der Ecke Tempelhofer Ufer/Schöneberger Straße seinem Kollegen Eduard Eppstädt in die Arme. Der Flüchtling war ihnen vorerst entwischt. Auf eine höchst geheimnisvolle Weise hatte er sich in Luft aufgelöst.

Der dicke Gendarm war im Gesicht vor Anstrengung blaurot angelaufen und sah bereits Sternchen. Mit einem Seufzer ließ er sich auf das Trottoir plumpsen. »Ich brauche nur eine kurze Verschnaufpause, Kollege«, japste er.

Hans Plettner war zwar ebenfalls leicht außer Atem geraten, aber er befand sich in einer wesentlich besseren körperlichen Verfassung als der Gendarm. Er deutete auf das Restaurant *Trollinger* direkt vor ihnen am Ufer des Hafenbassins. »Dort wird er sich versteckt haben. Wir müssen nachschauen. Was hat er verbrochen?«

»Keine Ahnung. Der Bahnhofsvorsteher vom Anhalter Bahnhof hat mich angewiesen, ihn festzunehmen.«

»Dann schlage ich vor, wir gehen hinein und sehen zu, dass wir unseren Vogel fangen.«

Eduard Eppstädt nickte bestätigend. Einige Zeit später reichte er Hans Plettner seine rechte Hand, und der zog ihn hoch und stellte ihn wieder auf die Beine.

Das Restaurant *Trollinger* war ein mittelprächtiges Ausflugslokal mit großem Rückbüfett, solidem Kneipenmobiliar und bescheidenem Speisenangebot. An der Wand hingen Kupferstiche aus dem alten Berlin. Als die Polizisten den Gastraum betraten, schauten sie in sieben Augenpaare. Sie gehörten dem kahlköpfigen Zapfer am Tresen, dem spindeldürren Kellner, zwei alten Tanten in zerschlissenen Kleidern und drei einsamen Männern, die jeder an einem einzelnen Tisch saßen, obwohl sie doch eine gemeinsame Skatrunde hätten bilden können.

Das Personal und die beiden Frauen schieden als Verdächtige aus. Blieben die drei Herren übrig. Alle drei rauchten Zigarren und hatten Zeitungen vor sich liegen. Dazu tranken sie Bier aus Halbliter-Henkelgläsern. Hinter jedem von ihnen hing ein schwarzer Mantel am Haken. Von einem braunen Gewand war weit und breit nichts zu sehen.

Die beiden Polizisten schauten sich an und waren perplex.

Hans Plettner fragte: »Wer von den Herrschaften ist hier der Wirt?«

Der Glatzkopf hinterm Tresen antwortete: »Der Chef ist nicht da. Ich führe heute an seiner Stelle die Geschäfte. Womit kann ich dienen?«

»Wir suchen einen Mann im braunen Mantel. Hat eine solche Person vor einigen Minuten diese Gastwirtschaft hier betreten?«

»Nein, mein Herr. Braune Mäntel gab es heute den lieben langen Tag noch nicht zu sehen. Sie sind nicht modern. Schwarz ist der aktuelle Zeitgeschmack.«

»Gibt es einen Hinterausgang?«

»Nein. Wir haben vorne zwei Türen. Das Hauptportal ist für die Gäste bestimmt. Die Nebentür führt hinunter zum Bierkeller.«

»Egal«, flüsterte der Gendarm seinem Kollegen ins Ohr. »Du bleibst hier und nimmst die Personalien sämtlicher Anwesenden auf. Niemand darf das Lokal verlassen. Ich gehe zurück zum Bahnhof und frage nach, um was es hier eigentlich geht.«

*

Logischerweise war die Zeit auf dem Bahnhof inzwischen nicht stehengeblieben. Während die beiden Polizisten den Mann im braunen Mantel verfolgten, hatte der Bahnhofsvorsteher dem Lokomotivführer mit einer Abwärtsbewegung der Kelle bedeutet, dass es eine Verzögerung bei der Abfertigung des Schnellzugs geben würde. Der Erste Schaffner und der Zugführer kannten das Reglement und kamen herbeigeeilt, um sich die nötigen Instruktionen zu holen.

Hermann Banck sagte zu ihnen: »Ich habe eben einen Schuss gehört. Er scheint aus dem Waggon der ersten Klasse gekommen zu sein. Der Täter befindet sich ganz offenkundig auf der Flucht. Wir müssen Ausschau nach dem Opfer halten.«

Der Zugführer war ein preußischer Beamter. Deshalb wagte er keinen Widerspruch. Der Erste Schaffner tat, was sein Vorgesetzter für richtig hielt. Es gab keine Diskussion.

Die drei Männer liefen an dem Eisenbahnwagen der ersten Klasse entlang, stiegen abwechselnd auf die Trittbretter und schauten in die Fenster. Das hinterste Abteil war frei. Im nächsten saßen zwei schwarzgekleidete Frauen und schwatzten miteinander. Das dritte hatte ein Liebespaar in Beschlag genommen. Auch das vierte und das fünfte Eisenbahncoupé waren leer. Nicht das Geringste deutete darauf hin, dass ein Passagier durch einen Schuss bedroht, verletzt oder gar getötet worden war.

Der Zugführer und der Erste Schaffner unterdrückten jeder für sich ein heimliches Grinsen. Ihre Gedanken behielten sie für sich. Sie wagten es nicht, offen irgendwelche Zweifel an den Wahrnehmungen des Bahnhofsvorstehers zu äußern. So etwas wäre vielleicht in Sachsen möglich gewesen, aber keinesfalls in Preußen.

In Hermann Banck stiegen Zweifel auf. Vielleicht hatte er sich geirrt und es sich lediglich eingebildet, einen Schuss gehört zu haben. Möglicherweise hatte das Liebespärchen eine Champagnerflasche knallen lassen. Die Angelegenheit begann ihm allmählich peinlich zu werden.

Doch ein Zurück gab es nicht mehr. So schnell wollte der Bahnhofsvorsteher nicht aufgeben. Er ging nach hinten zum letzten Abteil, stieg das Trittbrett hinauf und öffnete die Tür. Jetzt erst bemerkte er, dass ganz hinten in der Ecke ein Mann in den Polstern lehnte. Er hatte sich in eine schwarze Pelerine gehüllt und den Hut tief über die Augen gezogen. Im Abteil brannte keine Beleuchtung. Deshalb war er im Halbdunkel von außen nicht zu erkennen gewesen. Der Reisende schien tief und fest zu schlafen. Doch in der Luft lag ein durchdringender Geruch nach Cordit. Außerdem stank es nach Fäkalien.

Das war nicht gut, das war ganz und gar nicht gut. Hermann Banck wusste aus Erfahrung, was das zu bedeuten hatte: Cordit wurde als Treibladung in Revolverpatronen verwendet. Bei einem Toten erschlaffte der Schließmuskel, und Fäkalien traten aus.

Der Eisenbahnbeamte seufzte tief und betrat das Abteil. Sicherheitshalber sprach er den Fahrgast an: »Eure Exzellenz, bitte entschuldigen Sie vielmals die Störung.« Es erfolgte keine Reaktion. Das war zu erwarten gewesen. Es gab auch keine Atemgeräusche zu hören.

Hermann Banck rüttelte nun dem Passagier vorsichtig an der linken Schulter. Der Kopf des Mannes fiel nach vorn. Der Hut rutschte herunter. Mitten in der Stirn befand sich ein kleines rotes Loch. Aus ihm sickerte Blut. Es bildete ein schwaches Rinnsal, lief bis zur Nasespitze und tropfte von da herab. Die Haut um die Einschussöffnung an der Stirn war graublau verfärbt.

Der Bahnhofsvorsteher musste schlucken. Im nächsten Moment hatte er sich wieder gefangen. Er hörte, wie der Zugführer und der Erste Schaffner das Abteil betraten. »Er ist mit einem Kleinkaliber-Revolver aus nächster Nähe erschossen worden«, erläuterte er den beiden. Der Zugführer und der Erste Schaffner wurden schreckensbleich. Das überhebliche Lächeln war aus ihren Gesichtern verschwunden.

»Sie postieren sich draußen auf dem Bahnsteig vor der Tür und lassen niemand in das Abteil hinein, außer er kommt im dienstlichen Auftrag«, ordnete der Bahnhofsvorsteher an. »Der Zug darf vorerst nicht abfahren. Den Passagieren sagen Sie, es handle sich um einen harmlosen technischen Defekt, der in Kürze wieder behoben sein werde. Es sei nur ein wenig Geduld gefragt. Ich gehe unterdessen in mein Büro und verständige die Kriminalpolizei. Das Präsidium muss dann entscheiden, wie es weitergeht.«

*

Im Polizeipräsidium hatte an diesem Samstag Paul Bärenzung Notdienst im Dezernat *Gewaltverbrechen*. Der Anruf des Bahnhofsvorstehers wurde zu ihm durchgestellt. Hermann Banck brauchte nur wenige Minuten, um den Sachverhalt zu erläutern.

Der Kriminalkommissar seufzte tief. Wohl oder übel würde er sein stilles Büro verlassen und sich in den Dschungel der Großstadt begeben müssen. Zunächst jedoch telephonierte er mit dem Leiter vom 5. Polizeirevier in der Prinz-Albrecht-Straße. Er erteilte ihm den Befehl, mit einem Dutzend Polizisten den Tatort abzusichern und parallel damit zu beginnen, die Namen der Fahrgäste und möglicher anderer Zeugen zu erfassen. Nachdem der Kommissar auch den Kreisphysikus benachrichtigt hatte, bestellte er sich in der Fahrbereitschaft eine Kutsche. Er nahm den Untersuchungskoffer aus dem Schrank und machte sich auf den Weg. Vom Alexanderplatz bis zum Anhalter Bahnhof war es nicht weit. Um halb vier Uhr traf der Kriminalbeamte am Tatort ein. Mehrere Schutzpolizisten drängten die Schaulustigen zurück.

Bärenzung ließ sich das fragliche Eisenbahnabteil zeigen und kletterte hinein.

Der Kreisphysikus Franz von Baudessin war schon bei der Arbeit und untersuchte die Leiche. »Aha«, meinte er lächelnd. »Das Polizeipräsidium hat seinen besten Mann geschickt. Da hat der Mörder keine Chance. Wer wurde nun an Ihrer statt dazu verdonnert, Telephondienst zu schieben?«

Der Kriminalkommissar ignorierte die Frotzelei. Stattdessen wollte er wissen: »Was ist passiert?«

»Wonach sieht es denn aus?«

Bärenzung, der sich schon mehr als genug über den gründlich verdorbenen Nachmittag ärgerte, platzte der Kragen. »Sie sind ein paar Minuten vor mir hier eingetroffen und haben bereits mit der Untersuchung der Leiche begonnen. Wie sorgfältig das geschehen ist, kann ich nicht beurteilen. Ich hingegen kam soeben dort zu dieser Abteiltür herein. Mein Name ist Hase, ich weiß von nichts. Also lassen Sie bitte diese Ratespiele, mein hochverehrter Herr Kreisphysikus, und kommen Sie *venir au fait* zur Sache.« Mehr als gereizt fuhr er fort: »Falls es jedoch unter Ihrer Würde sein sollte, mit einem einfachen Kriminalkommissar zu parlieren, werde ich beim nächsten Mal den von Ihnen hochgeschätzten Kollegen Conrad Ackermann verständigen.«

Der Schlag hatte gesessen. Franz von Baudessin verzog das Gesicht, als hätte er auf eine Zitrone gebissen. Dann nickte er mürrisch. »Die Kugel ist mittig im Stirnbein eingedrungen. Es gibt keine Austrittswunde. Das bedeutet, dass das Geschoss im Inneren des Schädels mehrfach herumgesaust sein muss. Es hat sich also verhalten wie eine Billardkugel, die über Vorbande gespielt wird, und dabei das Gehirn zu Haschee püriert.«

»Wie war der Ablauf?«

»Das Opfer ist von seinem Angreifer überrascht worden. Der Mann hegte keinerlei Argwohn. Deshalb hat es auch keine Abwehrreaktion gegeben. Die Fingernägel sind sauber. Es finden sich keinerlei Hautfetzen darunter. Ich will der Obduktion nicht vorgreifen, aber als vorläufige Todesursache würde ich einen unerwarteten Nahschuss benennen wollen. Es sei denn, der Mann hat sich beim Anblick des Revolvers zu Tode erschreckt.« Franz von Baudessin kicherte albern.

»Hat das Opfer auch einen Namen?«, fragte Bärenzung übermäßig streng.

»Ja, Herr Kommissar«, ließ sich ein Schutzpolizist vernehmen. »Der Tote trug in seiner Brieftasche mehrere Visitenkarten bei sich. Er heißt Oscar von Kröchlendorf.«

Bärenzung stutzte einen Moment lang. Irgendwann in letzter Zeit war ihm dieser Name schon einmal untergekommen. Aber es wollte ihm beim besten Willen nicht einfallen, wann und wo das gewesen sein könnte. Der Kommissar hörte auf, länger darüber nachzugrübeln. Er wusste aus Erfahrung, dass sein Erinnerungsvermögen in kurzer Zeit wieder zurückkehren würde.

Der Kreisphysikus fuhr fort: »In der ersten Klasse reisen nur Angehörige der Oberschicht. Weil das Opfer keinen Verdacht schöpfte, muss der Mörder von seinem Äußeren und seiner Kleidung so gewirkt haben, als würde er dazugehören. Der Täter war also auf keinen Fall eine Person, die von ihrem Habitus wie ein Hurentreiber, Buschklepper oder Mordbrenner gewirkt hat.«

Der Kriminalkommissar nickte zustimmend. »Mit dieser Hypothese könnten Sie sicherlich auf der richtigen Linie liegen. Offensichtlich saßen keine weiteren Passagiere in diesem bleihaltigen Eisenbahncoupé. Hat außer dem Bahnhofsvorsteher noch irgendjemand etwas gehört oder gesehen? Was ist beispielsweise mit den Fahrgästen im Nachbarabteil?«

»Sie sind noch nicht befragt worden«, antwortete der Schutzpolizist. »Aber sie werden höchstwahrscheinlich nichts sagen können. Es handelt sich um zwei alte Damen, die stocktaub sind. Im Eisenbahncoupé davor haben Liebesleute aus Delitzsch gesessen. Die hatten noch nicht einmal mitbekommen, dass der Zug im Bahnhof stehen geblieben ist.«

»Notieren Sie die Namen und Anschriften sämtlicher Passagiere und des gesamten Zugpersonals«, ordnete der Kommissar an. »Sie finden mich zunächst im Büro des Bahnhofsvorstehers.«

Hermann Banck bot seinem Gast eine gut gekühlte Flasche Malzbier an. Der Bahnhofsvorsteher zermarterte sich den Kopf, aber es wollten ihm keine weiteren Details einfallen, die wesentlich sein konnten. »Der Mann im braunen Mantel war anfangs völlig unverdächtig. Deshalb habe ich auch nicht auf sein Gesicht geachtet. Als er dann Fersengeld gab, war es zu spät. Ich würde ihn noch nicht einmal wiedererkennen, wenn er direkt vor mir stände. Aber es könnte sein, dass er der Polizei bereits in die Falle gegangen ist. Vorhin hat mich der Gendarm Eppstädt darüber verständigt, dass es in einem Lokal ganz in der Nähe mehrere Festnahmen gegeben hat. Es dürfte ganz einfach sein, den Mörder zu identifizieren: Er trägt einen braunen Mantel.«

»Ich kümmere mich gleich darum. Noch ein Frage zum Schluss: Um wie viel Uhr fiel der Schuss?«

»Es war wenige Sekunden vor Punkt drei Uhr. Ich wollte gerade die Kelle für das Abfahrtssignal heben.«

*

Der Kommissar ließ die drei Herren aus dem *Trollinger* zuführen, um sie im Polizeipräsidium in aller Ruhe vernehmen zu können.

Sie hießen Ludwig Albitius, Isidor Oblach und Georg Seepolt. Alle drei waren Anfang vierzig, dunkelhaarig und mittelgroß. An dieser Stelle endeten die Gemeinsamkeiten aber schon wieder.

Ludwig Albitius hatte einen Backenbart und arbeitete als Händler in einem Kolonialwarenladen. Isodor Oblach trug einen Knebelbart und war Büchsenmacher von Beruf. Der glattrasierte Georg Seepolt bezeichnete sich als Galvaniseur. Eine erste Gegenüberstellung der drei mit dem Bahnhofsvorsteher verlief ergebnislos.

In Gedanken stellte Paul Bärenzung ein Klassement auf. Ludwig Albitius rangierte an letzter Stelle. Kolonialwarenhändler zeichneten sich in der Regel nicht durch eine übermäßige Mordlust aus. Das war statistisch erwiesen. Isodor Oblach kam auf Platz zwei. Als Büchsenmacher war er den täglichen Umgang mit Schusswaffen gewohnt. Aber als den Hauptverdächtigen betrachtete der Kommissar den angeblichen Galvaniseur, denn über Georg Seepolt existierte bereits eine dicke Akte. Er war schon mehrfach unter dem Vorwurf der schweren Körperverletzung verhaftet worden. Allerdings hatten die Beweise nie für eine Verurteilung ausgereicht. Sogar eine Mordanklage musste wieder fallengelassen werden.

Ludwig Albitius gab an, die Gaststätte gegen zwei Uhr betreten zu haben. Etwa ein halbe Stunde später sei der Herr mit dem Spitzbart gekommen. Um Punkt drei Uhr sei als Dritter der bartlose Mann gefolgt.

»Woher wissen Sie, dass es genau Punkt drei Uhr war?«

»Weil sich dieser Gast äußerst ungeschickt angestellt hat. Er nahm einen Zeitungshalter vom Wandhaken und ist dabei mit seinem Mantel an den Tresen gekommen. Mehrere Gläser sind heruntergefallen und zu Bruch gegangen. Der unerwartete Lärm hat mich und alle anderen Leute im Gastraum aufgeschreckt. Die Uhr oben am Rückbüfett lag genau in meiner Blickrichtung. Sie zeigte Punkt drei Uhr an.«

Isodor Oblach bestätigte die Aussage. Er hatte in der Tat das Restaurant etwa dreißig Minuten nach zwei betreten. Auch er war um drei Uhr durch die splitternden Gläser aus seinen Gedanken gerissen worden.

Nun knöpfte sich der Kommissar Georg Seepolt vor. »Bitte erzählen Sie mir so detailgetreu wie möglich, wie heute Ihr Tagesablauf gewesen ist.«

»Mit dem größten Vergnügen. Ich habe vormittags im Diakonissenhaus Bethanien am Mariannenplatz einen siechen Kameraden besucht und anschließend einen Spaziergang in westlicher Richtung gemacht. Das Wetter war so schön. Im Hippodrom in der Lietzenburger Straße hatte ich am späten Nachmittag noch eine Verabredung mit einer feschen Direktrice. Unterwegs bin ich im *Trollinger* eingekehrt, um mich an einem Bier zu erfrischen. Allerdings ist mir dort ein kleines Malheur passiert. Ich habe ohne jede Absicht einige Bierseidel zerdeppert.«

»Besitzen Sie einen Revolver?«

Georg Seepolt antwortete: »Ja, sicherlich. Was ist ein richtiger Mann ohne eigene Schusswaffe? Es handelt sich um einen großkalibrigen französischen Armeerevolver. Er liegt bei mir zu Hause in der Hasslinger Straße im Bettkasten.«

»Wo haben Sie den braunen Mantel gelassen?«, wollte der Kommissar wissen.

»Sie können sich an meinen braunen Mantel erinnern? Das finde ich verblüffend. Den habe ich bereits vor zwei Jahren im Männer-Siechenhaus in der Schönhauser Allee abgegeben, weil er längst verschlissen war.«

»Wohin wollten Sie vom Anhalter Bahnhof aus fahren?«

»Ich bin seit Wochen nicht mehr dort gewesen. Und für die nähere Zukunft habe ich auch keine Reise geplant. Aber jetzt, wo Sie es sagen, merke ich doch, dass ich urlaubsreif bin. Ein Kuraufenthalt wäre das Richtige für mich. Was halten Sie davon?«

»Momentan würde ich davon abraten«, knurrte der Kommissar. »Posten, abführen den Mann.«

Paul Bärenzung ging davon aus, dass Georg Seepolt log wie gedruckt. Aber er hatte nichts gegen ihn in der Hand. Der braune Mantel und der Kleinkaliber-Revolver waren unauffindbar. Es gab weder ein Motiv noch einen Zeugen. Eine weitere Gegenüberstellung mit dem Bahnhofsvorsteher war gleichfalls ergebnislos geblieben. Hermann Banck hatte sich nicht festlegen wollen.

Der Kommissar vernahm zum wiederholten Mal das Personal und die übrigen Gäste aus dem Restaurant *Trollinger*. Alle schworen Stein und Bein, dass Georg Seepolt um drei Uhr das Lokal betreten und gleich darauf die Gläser zerschmissen hatte. Der Büfettier brachte es auf den Punkt: »Diesen Kunden habe ich noch nie zuvor bei uns gesehen. Aber ich würde mich freuen, wenn er öfter wiederkäme. Wir brauchen Gäste wie ihn. Auch wenn er sich etwas tollpatschig angestellt hat. Er war sehr generös. Für die kaputten Gläser hat er mir unaufgefordert ein Goldstück in die Hand gedrückt. Das ist mehr wert als sämtliche Bierseidel im Lokal zusammen.«

Der Kommissar raufte sich die Haare. Es bestand keine erkennbare Verbindung zwischen Georg Seepolt und dem Opfer. Ein Schalterbeamter vom Anhalter Bahnhof konnte sich zwar daran erinnern, am 1. April gegen drei viertel drei einem Mann im braunen Mantel eine Bahnsteigkarte verkauft zu haben. Aber das Gesicht hatte er sich nicht gemerkt.

Am Mittwoch, dem 5. April, musste der Kriminalkommissar seinen Hauptverdächtigen schweren Herzens wieder laufenlassen. Er hatte nicht das Geringste in der Hand gegen ihn. Am schwersten wog jedoch die unbestreitbare Tatsache, dass der Mord um Punkt drei Uhr in einem Eisenbahnwaggon auf Gleis F vom Anhalter Bahnhof geschehen war. Im selben Moment hatte Georg Seepolt jedoch erwiesenermaßen ein Lokal betreten, das rund achthundert Meter weit von Tatort entfernt lag. Ein sportlich durchtrainierter Weltklasseläufer schaffte es vielleicht gerade so, diese Strecke in zwei Minuten zurückzulegen. Jeder andere Mensch benötigte mindestens fünf Minuten dazu.

Der Kommissar ging gern ins Varieté. Vor einigen Monaten hatte er eine verblüffende Zaubershow besucht. Der Trick am Schluss bestand darin, dass der Magier auf der linken Bühnenseite durch eine Tür hinausgegangen und eine Sekunde später durch eine andere Tür wieder hereingekommen war. Diese zweite Tür hatte sich genau entgegengesetzt auf der anderen Bühnenseite befunden. Beide Türen waren mindestens durch dreißig Meter getrennt gewesen.

Nach einigem Nachdenken hatte Paul Bärenzung das Kunststück durchschaut: Der Zauberkünstler war nicht allein auf der Bühne gewesen. Er hatte einen Doppelgänger besessen!

Auch im Fall des ermordeten von Kröchlendorf war sich der Kommissar völlig sicher, dass ihm etwas vorgegaukelt wurde. Aber so sehr er sich auch anstrengte, es wollte ihm einfach nicht gelingen, hinter die Fassade zu schauen.

4. Das Urteil

... etwa wie ein Jurist, dem ein Zufall ein altes Aktenstück in die Hände spielt und der nun bei Durchlesung ebendesselben urplötzlich und zu seiner eigenen nachträglichen Verwunderung zu der Überzeugung kommt, dass in der betreffenden Sache doch eigentlich alles sehr, sehr anders liege, wie bis dahin von ihm angenommen wurde.
Theodor Fontane, *Autobiographische Schriften*

BERLIN, 5. APRIL 1893

Der Verhandlungstermin im Strafverfahren gegen den Dirnenmörder Simon Landshoff war für Mittwoch, den 5. April, am Kriminalgericht in Moabit anberaumt worden. Beginn sollte um neun Uhr morgens sein. Die *Berliner Gerichtszeitung* hatte in ihrer Ausgabe vom 2. April den genauen Ort und Zeitpunkt veröffentlicht.

Seitdem die Hinrichtungen in Deutschland nicht mehr öffentlich vollzogen wurden, waren die Schaulustigen in Ermangelung von etwas Besserem auf Besuche im Leichenschauhaus und auf Mordprozesse ausgewichen. Bei Gerichtsverfahren zum Thema »Gemetzel« gab es immer einen großen Andrang. In Fall *Landshoff versus Dennerlein* kam außerdem noch die sexuelle Komponente hinzu. Das Opfer war eine Prostituierte gewesen. Da bestand eine gewisse Hoffnung, dass auch noch perverse sexuelle Praktiken zur Sprache kommen könnten.

Der Gerichtspräsident hatte aus seiner jahrelangen Erfahrung heraus mit einem besonders großen Publikumsinteresse gerechnet und deshalb für die Verhandlung den riesigen Schwurgerichtssaal bestimmt. Dort gab es die meisten Sitzplätze. Sie reichten trotzdem nicht.

Als Louis von Angern gegen drei viertel neun am Gerichtsgebäude eintraf, hatte sich vor den Türen eine große Menschenmenge versammelt. Sie wogte vor und zurück und hoffte vergeblich auf Einlass. Mehrere bereits fuchsig gewordene Büttel drängten die Leute recht unsanft zurück. Der Kriminalinspektor musste einen Nebeneingang benutzen, um nicht in dem Gedränge stecken zu bleiben.

Auf dem Flur vor dem Gerichtssaal in der ersten Etage wiederholte sich das Schauspiel. An die Hundert Neugierige versuchten noch in den bereits vollbesetzten Saal zu gelangen. Von Angern ging an dem Pulk vorbei. Von einem Justizbeamten ließ er sich eine Seitenpforte aufschließen und gelangte in einen abgesperrten Bereich, der für höhergestellte Persönlichkeiten und Amtspersonen reserviert war. Er begrüßte einige Bekannte, unter denen sich auch Heinrich Graf von Schlagenthin befand, und setzte sich. Hinter der hölzernen Barriere saß dicht an dicht ein buntgemischtes Publikum. Vom einfachen Grünkramhändler bis zum Rentier war so ziemlich alles vertreten. Es gab jedoch eine Altersbegrenzung nach unten: Jugendlichem Volk unter einundzwanzig Lenzen war der Zutritt nicht gestattet.

Um Punkt neun Uhr rief ein Gerichtsdiener die Verhandlung auf. Alle Anwesenden erhoben sich folgsam von ihren Plätzen. Als Erstes betraten Staatsanwalt Hugo von Beguelin und sein Assistent den Saal. Dann führten zwei Justizwachtmeister den Angeklagten herein. Er befand sich im Beistand eines gerichtlich bestellten Defensors.

Schließlich erschien das hohe Gericht. Den Vorsitz führte der ehrenwerte Emil von Frankenberg-Ludwigsdorf. Links und rechts von ihm nahmen zwei weitere Berufsrichter als Beisitzer Platz. Ein separater Tisch war für den Protokollführer bestimmt. Der Staatsanwalt, die Richter, der Gerichtsschreiber und auch der Advokat trugen prächtige schwarze Roben.

»Nehmen Sie dem Angeklagten die Hand- und Fußfesseln ab«, ordnete der Vorsitzende an. Die Justizwachtmeister taten, wie ihnen geheißen. Anschließend nahmen sie links und rechts hinter Simon Landshoff Aufstellung. Sie waren bereit, jederzeit einzugreifen, falls es erforderlich sein sollte. Die Wachtmeister trugen zwar keine Schusswaffen bei sich, aber sie hatten stabile Hartholzknüppel in ihren Koppelschlaufen hängen. Ein gut platzierter Schlag konnte einen Angreifer auf der Stelle außer Gefecht setzen.

Der Staatsanwalt verlas die Anklageschrift. Er ließ kein blutiges Detail aus. Immer wieder ging ein tiefes Raunen durch den Saal.

Als Nächstes wurde der Zeuge Conrad Ackermann aufgerufen. Dem Leichenbeschauer bereitete es sichtliche Freude, die Folgen der Wahnsinnstat in allen ihren Einzelheiten zu schildern: »Der erste Stich ging direkt ins Herz und war sofort tödlich. Danach hat der Mörder seinem Opfer noch insgesamt fünf weitere Stichwunden und zahlreiche Schnitte zugefügt. Dabei wurden unter anderem der Magen, die Leber, die Gebärmutter und die Speiseröhre verletzt. Drei dieser schweren Verletzungen wären ebenfalls tödlich gewesen, wenn die Frau zu diesem Zeitpunkt noch gelebt hätte.«

An dieser Stelle erhoben sich zwei ältere Frauen von den Zuschauerbänken und verließen eilig mit kleinen Trippelschritten den Saal.

Nach dem Leichenbeschauer kamen die beiden Polizisten an die Reihe, die den Täter auf offener Straße überwältigt hatten. Schließlich gab Kriminalkommissar Paul Bärenzung den wesentlichen Verlauf der Vernehmung bekannt. Abschließend berichtete er von dem ausführlichen Geständnis. Aber er beschränkte sich im Wesentlichen auf die Tat an sich. Die fundamentale Geschäftsidee, von der Simon Landshoff schwadroniert hatte, erwähnte er nicht. Auch das Gericht sah keinen Anlass, in dieser Richtung nachzufragen. Der Vorsitzende war um eine straffe Verhandlungsführung bemüht und wollte sich offensichtlich nicht auf Nebenschauplätzen verlieren.

»So, die Beweise sind erdrückend«, stellte nach einigen Stunden Emil von Frankenberg-Ludwigsdorf fest. »Angeklagter, wollen Sie sich dazu äußern?«

Simon Landshoff nickte und begann zu weinen.

»Stehen Sie auf und kommen Sie nach vorn.«

Der Angeklagte tat, wie ihm geheißen. Mit tränenerstickter Stimme sagte er: »Ja, ich habe sie umgebracht. Sie war meine große Liebe. Es tut mir alles so leid. Ich gestehe alles. Wenn ich es doch nur ungeschehen machen könnte. Mit dieser schweren Last muss ich nun bis an das Ende meiner Tage leben.«

»So lange wird das wohl nicht mehr dauern«, dachte sich Louis von Angern im Stillen.

»Dann können wir die Beweisaufnahme an dieser Stelle schließen. Angeklagter, Sie dürfen sich wieder hinsetzen. Herr Staatsanwalt von Beguelin und Herr Verteidiger, wollen wir jetzt mit den Plädoyers beginnen, oder wünschen Sie vorher eine Pause?«

Die beiden Juristen hatten keine Einwände dagegen, ohne Unterbrechung zum Ende zu kommen. Der Staatsanwalt legte sofort los. »Die Beweislage ist so eindeutig wie nur selten. Der Angeklagte hatte die Tat von langer Hand geplant und vollumfänglich eingestanden. Zur Anwendung kann deshalb nur der Paragraph 211 Strafgesetzbuch kommen, in dem es heißt: ›Wer vorsätzlich einen Menschen tötet, wird, wenn er die Tötung mit Überlegung ausgeführt hat, wegen Mordes mit dem Tode bestraft.‹ Ich beantrage deshalb, Simon Landshoff aller bürgerlichen Rechte für verlustig zu erklären, sein gesamtes Vermögen von Amts wegen einzuziehen und ihn hinzurichten!«

Im Saal war es einen Augenblick lang so still, dass man eine Stecknadel hätte zu Boden fallen hören.

Der Angeklagte wurde weiß wie eine gekalkte Wand. An seinem Mienenspiel war abzulesen, dass er außerstande war, das soeben Gehörte richtig zu verarbeiten. Plötzlich aber sprang er auf, deutete mit dem ausgestreckten Zeigefinger auf den Staatsanwalt und schrie wie von Sinnen: »Verrat, Verrat! Wir hatten ausgemacht, dass Sie auf mildernde Umstände plädieren, wenn ich ein Geständnis ablege! Sie haben mich betrogen, Sie Schuft!«

Im Saal brach ein Tumult aus. Der Richter hämmerte wie von Sinnen auf die Tischplatte und brüllte: »Ruhe! Ruhe! Wachtmeister, bringen Sie den Angeklagten wieder zur Vernunft!«

Simon Landshoff erhielt einen harten Schlag auf den Kopf, brach bewusstlos zusammen und wurde hinausgeschafft.

Der Tumult unter den Zuhörern schwoll unterdessen zu einem Gemurmel ab.

Emil von Frankenberg-Ludwigsdorf wurde noch einmal laut: »Wenn hier nicht augenblicklich völlige Stille herrscht, lasse ich den Saal räumen. Herr Defensor, Sie haben das Wort.«

Der Advokat begann seine kurze Verteidigungsrede mit einer Entschuldigung: »Ich weiß auch nicht, was plötzlich in meinen Mandanten gefahren ist. Ich bitte um Nachsicht. Aber an diesem Ausbruch wurde deutlich, dass der Angeklagte nicht ganz bei Troste ist. Ich beantrage deshalb, die Todesstrafe wegen erwiesenen Irrsinns in eine lebenslange Zuchthausstrafe abzumildern.« Anschließend erzählte er von der schweren Kindheit seines Klienten und sprach von einer unbedachten Kurzschlussreaktion. Weshalb der Angeklagte ein riesiges Messer bei sich getragen hatte, wollte oder konnte er nicht erklären.

Das Gericht zog sich zur Beratung zurück. Heinrich Graf von Schlagenthin erhob sich und winkte Louis von Angern zu. Offensichtlich hatte der Sekretär des Reichskanzlers genug gehört.

Der Kriminalinspektor ging ins Kasino. Er trank in aller Ruhe zwei Tassen Kaffee und stärkte sich mit einer Käsesemmel. Danach kehrte er in den Schwurgerichtssaal zurück. Die Zuhörer hinter der Barriere waren eifrig am Diskutieren. Die Fraktion der »Rübe ab«-Befürworter war eindeutig in der Überzahl.

Nachmittags um drei Uhr ging es weiter. Der Gerichtsdiener rief: »Erheben Sie sich von Ihren Plätzen!«

Der Vorsitzende Richter verlas das Urteil. Es lautete erwartungsgemäß auf Todesstrafe durch Enthaupten. »Darüber hinaus hat die Verurteilung gemäß Paragraph 30 Strafgesetzbuch die dauernde Unfähigkeit des Schuldigen zum Dienst im Deutschen Heer und der Kaiserlichen Marine zur Folge. Ihm werden die bürgerlichen Ehrenrechte aberkannt, und er darf keine öffentlichen Ämter mehr bekleiden. Ihm ist es untersagt, die Landeskokarde zu tragen, zur Wahl zu gehen oder andere politische Rechte auszuüben. Er darf kein Zeuge bei der Aufnahme von Urkunden sein, und ihm gehen alle ihm verliehenen Titel, Orden und Ehrenzeichen verlustig. Das Gericht ordnet an, dass der Verurteilte kein Recht zur Berufung hat. Er darf allerdings eine Antrag auf Gnadenerlass stellen. Sofern dieser Antrag fruchtlos bleiben sollte, ist er bei Sonnenaufgang des darauffolgenden Tages mit Hilfe des Handbeils einen Kopf kürzer zu machen.«

*

Louis von Angern und seine Gattin besaßen schon seit einigen Jahren ein Anrecht für die *Krolloper* am Königsplatz. Sie hatten sich dort auf Dauer eine eigene Loge in der zweiten Empore gemietet. Das war zwar nicht billig, wirkte sich jedoch äußerst günstig auf das Nervenkostüm der kulturinteressierten Eheleute aus. Auf diese Weise brauchten sie sich nämlich um die Billetts und die Platzauswahl keine Sorgen mehr zu machen.

Am Abend des 5. April wurde *La Traviata* von Giuseppe Verdi gegeben. Doch es war keine gewöhnliche Aufführung: Als Gaststar hatte man die italienische Sopranistin Franceschina Prevosti gewinnen können. Bei solch einem Anlass wäre es an diesem Tag kompliziert bis unmöglich geworden, ohne ein festes Abonnement an Eintrittskarten zu kommen – von guten Plätzen ganz zu schweigen. Alles, was in der Stadt Rang und Namen hatte, würde zu diesem überaus wichtigen gesellschaftlichen Ereignis erscheinen. »Sehen und gesehen werden«, lautete die Devise der Berliner oberen Zehntausend.

Dementsprechend nahm das Ankleidezeremoniell im Hause von Angern weit über eine Stunde in Anspruch. Louis war zwar recht schnell in seinen dunkelblauen Frack geschlüpft (den schwarzen trug er nur zu offiziellen Anlässen), hatte die weiße Fliege umgebunden und eine stilisierte Malvenblüte am linken Revers befestigt, aber Therese konnte sich nicht entscheiden. In ihrer engeren Wahl befanden sich ein dunkelgrünes und ein hellblaues Kleid. In beiden Fällen gab es ernsthafte Probleme: Zu dem dunkelgrünen Kleid gab es keine passenden Schuhe, und bei dem hellblauen Kleid fehlte es an einer geeigneten Handtasche. Als Therese schließlich noch ein weißes Kleid mit in die Auswahl einbezog, sprach Louis von Angern ein Machtwort: »Du ziehst jetzt das dunkelgrüne Kleid an. Es harmoniert perfekt mit deinen Augen und deinen Haaren. Das wird die Leute sofort in ihren Bann ziehen. Sie werden überhaupt nicht bemerken, dass die Schuhe nicht Ton in Ton sind. Außerdem steht nirgendwo geschrieben, dass schwarze Schuhe nicht zu grünen Kleidern passen.«

»Pah, Männer, alles Ignoranten«, rief seine Gattin aus. »Das sagst du nur, weil du keine Ahnung von Mode und den anderen wichtigen Dingen des Lebens hast. Ohne mich wärst du völlig hilflos. Du würdest bedenkenlos im Reitkostüm mit einem Strohhut auf dem Kopf ausgehen. Deshalb kannst du dich auch nicht in die Bedürfnisse einer Frau einfühlen. Ich muss unbedingt wieder einkaufen gehen. Ich habe nichts Vernünftiges mehr zum Anziehen. Schau dir doch meine Kleiderschränke an. Sie hängen voller altem Plunder.«

»Wenn du nicht in fünf Minuten fertig bist, kannst du dir so viel Zeit beim Anprobieren lassen, wie du willst. Dann brauchen wir nämlich gar nicht erst loszufahren«, erwiderte ihr Gatte leicht gereizt, ließ sich resigniert in einen Sessel fallen und griff nach der Abendausgabe der *Berliner Börsen-Zeitung*.

Das Prozedere dauerte dann noch eine Viertelstunde. Der Droschkenkutscher gab sein Bestes. Ihm war reicher Lohn versprochen worden. Mit dem dritten Klingelzeichen trafen die Eheleute in ihrer Loge ein. Sie waren völlig abgehetzt und außer Atem.

Therese trug ein schwarzes Kleid. Zusammen mit den schwarzen Schuhen und der schwarzen Handtasche wirkte das Ensemble wie aus einem Guss. Lediglich die Gewandung des Gatten störte das Gesamtbild. Louis von Angern hatte sich nämlich standhaft geweigert, den blauen gegen einen schwarzen Frack zu tauschen.

Das Haus war – wie erwartet – ausverkauft. Draußen am Platz vor dem Springbrunnen hatten Hunderte verzweifelte Opernfreunde gestanden, die noch kurz vor Toresschluss versuchten, an Einlasskarten zu gelangen. Die Schwarzmarktpreise waren in astronomische Höhen geklettert.

Im Saal brummte es wie in einem Bienenkorb. Im Parkett gab es ständige Wellenbewegungen, wenn die Zuschauer, die bereits Platz genommen hatten, für die Zuspätkommenden aufstehen mussten.

Die gesamte Berliner Hautevolee war versammelt. Therese von Angern suchte mit ihrem Opernglas die Logen ab und erkannte außer dem gesamten Hochadel unter anderem die Schriftstellerin Nataly von Eschstruth, die in Begleitung ihres Gatten Franz von Knobelsdorff-Brenkenhoff erschienen war, den Bankier Arthur Salomonsohn, den Buchverleger Samuel Fischer, den Maler Heinrich Zille und mehrere bekannte Politiker wie Wilhelm Liebknecht, August Bebel und Georg Schumacher.

Vor acht Jahren hatte Jakob Engel, der Besitzer der *Krolloper*, die Gasbeleuchtung auf elektrisches Licht umrüsten lassen. Seitdem gab es keine unangenehmen Gerüche mehr, und im Saal herrschte eine gleißende Helle. Nach und nach erloschen die Lampen an den Seitenwänden und die Kronleuchter. Die Orchestermusiker stimmten ihre Instrumente. Das Publikum kam zur Ruhe. Vereinzelte Konzertbesucher husteten oder räusperten sich. Das Licht ging völlig aus. Der Vorhang öffnete sich. Im Pariser Salon der Kurtisane Violetta Valéry war eine fröhliche Feier im Gange. Das Orchester setzte ein.

Völlig unerwartet und ganz außer der Reihe flammte im Saal plötzlich ein einzelner Scheinwerfer auf. Er strahlte die zentrale Loge im ersten Rang an. Die Musik verstummte. Die Zuschauer wendeten ihre Köpfe. In diesem Moment trat Otto Fürst von Bismarck, der ehemalige Reichskanzler, durch die Tür und winkte dem Publikum zu. Beifall brandete auf. Die Konzertbesucher erhoben sich von ihren Plätzen. Das Orchester begann die Hymne *Heil dir im Siegerkranz* zu spielen. Ein Konzertbesucher stimmte die zweite Strophe an: »Nicht Ross und Reisige …« Der gesamte Saal fiel ein: »… sichern die steile Höh,/wo Fürsten stehn:/Liebe des Vaterlands,/Liebe des freien Manns/gründet den Herrschaftsthron/wie Fels im Meer.«

Bismarck setzte sich vor Beginn der dritten Strophe. Die Zuschauer taten es ihm gleich. Der vielhundertfache Chor verstummte. Es kehrte wieder Ruhe ein. Die Vorstellung begann nun tatsächlich. Es kam zu keiner weiteren Unterbrechung. Das Publikum war überwältigt. Immer wieder regten sich die Hände zu spontanem Zwischenapplaus.

Nach dem letzten Akt, als die Kameliendame höchst dramatisch in den Armen ihres Geliebten an der Schwindsucht gestorben war, gerieten die Leute vollends aus dem Häuschen. Es brach ein nicht enden wollender Jubel aus. Die Zuschauer erhoben sich von ihren Plätzen und erklatschten sich gut zwei Dutzend Vorhänge. Louis von Angern sah hinüber zur Loge des ehemaligen Reichskanzlers. Der Fürst von Bismarck war bereits gegangen. Auch ein Großteil der Prominenz hatte sich schon aus dem Staube gemacht.

Noch im Hochgefühl der mitreißenden Vorstellung erfrischten sich die Eheleute in der runden Champagnerbar im Zwischengeschoss. Louis und Therese zogen sich vom Trubel ringsum in eine kleine Nische neben dem Treppenabgang zurück. Dort ließen sie noch einmal die Vorstellung Revue passieren.

Plötzlich trat Heinrich Graf von Schlagenthin an ihre Seite. Er steckte in einem eleganten Frack. Der Sekretär des Reichskanzlers wirkte rank und schlank und trotz seines fortgeschrittenen Alters immer noch jugendlich frisch. »Gnädige Frau, ich bin entzückt. Welch große Freude, Ihnen heute hier begegnen zu dürfen. Sie sehen wieder einmal phantastisch aus. Eine Augenweide, fürwahr. Mein lieber von Angern, das war eine kluge Entscheidung von Ihnen, Ihre gute Gattin in das *Kroll*-Etablissement auszuführen. Allerdings fand ich die Künstlerin heute stimmlich nicht besonders günstig disponiert. Speziell im ersten Akt schien das Organ etwas angestrengt zu sein.«

»Mein lieber Graf, seien Sie doch bitte nicht so streng mit der Guten. Sie hatte eine anstrengende Reise über die Alpen hinter sich und musste sich erst einsingen. Auch wenn ein Ton nicht ganz so fest stand und ein Triller nicht ganz so gleichmäßig dahinrollte wie gewöhnlich, so hat die Prevosti doch immer noch so meisterhaft den dramatischen Sopran gesungen, wie es nur sehr, sehr wenige andere Operndiven können«, entgegnete Therese von Angern.

Ihr Gatte setzte hinzu: »Das ist mir des Lobes noch viel zu wenig. Als Künstlerin in ihrer Gesamterscheinung hat Franceschina Prevosti zur Zeit nicht ihresgleichen. Die Genialität ihrer Darstellung packt mich immer wieder mit unwiderstehlicher Gewalt. Wenn sie beim Abschied von Alfred Germont den Geliebten mit ihren großen feuchten Augen anschaut, als wollte sie ihn verzehren, und dann ihm mit einem plötzlichen Aufschrei in die Arme sinkt, kann wohl niemand kalt bleiben.«

»Nun ja, da mögen Sie sicherlich recht haben«, pflichtete ihnen Heinrich Graf von Schlagenthin bei, auch wenn es seiner Stimme an der nötigen Überzeugungskraft gebrach. »Aber der spanische Bariton Mariano Padilla y Ramos stand ihr ebenbürtig gegenüber. Er hat den älteren Giorgio Germont nicht als einen weichlichen, leicht gerührten, sondern als einen energischen Mann gegeben, der genau weiß, was er will. Wohl hat sich bei ihm einen Moment lang das Mitleid mit der Courtisane geregt, aber sofort unterdrückt er die zartere Regung und kehrt wieder den rauen, ehrsamen Bürger heraus, der die Kokotte vor sich sieht.

Das Orchester hingegen spielte nur einiges gut, anderes aber so schlecht wie selten. Die Begleitung der Gesangsnummern war fast durchweg zu laut und zudem mannigfachen teilweise sehr störenden Schwankungen unterworfen.«

»Im Hinblick auf das Orchester stimme ich Ihnen ohne jeden Vorbehalt zu. Da habe ich schon wesentlich bessere Leistungen auf den Berliner Bühnen erlebt. Aber auf die Prevosti lasse ich nichts kommen«, äußerte der Kriminalinspektor zu diesem Thema.

»Gnädige Frau, darf ich Ihren Gatten für einen Moment entführen? Ich werde ihn im Handumdrehen zurückbringen«, meinte der Sekretär des Reichskanzlers. »Mein lieber Herr von Angern, auf ein Wort im Vertrauen.«

Die beiden Herren traten beiseite, so dass sie ungestört miteinander plaudern konnten. Der Graf zog ein goldenes, mit Brillanten besetztes Zigarettenetui hervor und bot seinem Gesprächspartner eine starke türkische Zigarette mit Goldmundstück an. Die Herren rauchten eine Weile schweigend. Dann kam von Schlagenthin auf den Kern seines Anliegens zu sprechen. »Der Reichskanzler hat sehr lobend über Ihre Arbeit gesprochen. Es liegt zwar noch keine Rückäußerung seiner Majestät vor, aber auch der Kaiser wird sehr zufrieden sein, dass der brutale Mörder seine gerechte Strafe bekommen hat.«

Von Angern nickte nur höflich, denn sein Anteil an dem Verdikt war verschwindend gering gewesen.

»Was ist aus dem Eisenbahnmord geworden? Still ruht der See? Oder konnten Sie den Mörder inzwischen dingfest machen?«, wollte der Graf wissen.

Der Kriminalinspektor hob entschuldigend beide Hände. »Es war uns gleich nach der Tat gelungen, einen Mann zu verhaften, auf dem ein starker Verdacht ruhte und den ich persönlich auch für den Mörder halte. Aber der Bursche besitzt ein wasserdichtes Alibi. Wir mussten ihn leider wieder laufenlassen. Alle übrigen Spuren sind erkaltet. Es gibt keine Zeugen und kein erkennbares Motiv wie Rache, Eifersucht oder dergleichen. Es liegt auch kein Raub vor – noch nicht einmal ein vorgetäuschter –, da der Tote noch seine Brieftasche bei sich trug.«

»Was ist mit dem Bahnhofsvorsteher?«

»Nichts. Er hat den Täter nur von hinten gesehen. Er würde ihn noch nicht einmal erkennen, wenn er unmittelbar vor ihm stände.«

»Was wollen Sie in dieser Angelegenheit nun weiter unternehmen?«, bohrte Heinrich Graf von Schlagenthin nach.

Von Angern überlegte eine Weile, dann entschied er sich für die Wahrheit: »Nichts, Eure Exzellenz. Oder besser gesagt, so gut wie nichts. Die Akte liegt bei mir im Schrank und ruht für eine Weile. Wir haben nur einen einzigen Anhaltspunkt, und das ist der Verdächtige, Alibi hin, Alibi her. Ich lasse ihn auf Schritt und Tritt beschatten. Ich denke, dass es sich bei ihm um einen Auftragsmörder handelt. Irgendwann wird er uns zu seinen Hintermännern führen. Wenn wir erst das Motiv ermittelt haben, wird das Kartenhaus schnell zusammenbrechen.«

»Halten Sie mich bitte auf dem Laufenden«, verabschiedete sich Heinrich Graf von Schlagenthin. »Sie sind unser bester Mann. Wenn Sie das Rätsel nicht zu lösen vermögen, dann kann es niemand. So, und nun bringe ich Sie zu Ihrer Gattin zurück. Sie musste schon viel zu lange auf Ihre Gesellschaft verzichten.«

»Was wollte er?«, fragte Therese von Angern ihren Mann, nachdem sich der Graf entfernt hatte.

»Er wollte mich aushorchen.«

»Zu welchem Zweck?«

»Der blieb mir leider verborgen. Bei dem Toten handelt es sich zwar um einen Adligen und somit um ein Mitglied der besseren Gesellschaft, aber politisch war er völlig unbedeutend.«

Therese nahm ihren Handschuh und versetzte ihrem Gatten einen leichten Schlag auf die Schulter. »Du hast ihm doch hoffentlich keine dienstlichen Geheimnisse anvertraut?«

»Nein, wo denkst du hin. Das würde ich nie tun«, antwortete von Angern im Brustton der Überzeugung. Aber dann nistete sich doch ein leichter Zweifel bei ihm ein.

Gleichwohl blieb ihm keine Gelegenheit, den Gedanken zu vertiefen, denn nun gesellte sich Emil von Frankenberg-Ludwigsdorf zu ihnen. Nachdem erneut die sängerischen Leistungen der Sopranistin ausgiebig gewürdigt worden waren, sagte der Richter zum Kriminalinspektor: »Ich habe Sie heute in meiner Gerichtsverhandlung gesehen, hatte aber leider keine Gelegenheit danach, mit Ihnen zu sprechen. Ich musste in dringenden Geschäften aus dem Haus. Der Justizminister, seine Exzellenz Baron Radomir von Spiegel, hatte mich einbestellt. Meinem Antrag auf vorzeitige Pensionierung wurde stattgegeben. Ich bin ab sofort von allen Amtsgeschäften befreit. Die feierliche Verabschiedung findet in vierzehn Tagen statt. Zu diesem Anlass wird mir der *Ordre de la sincérité*, also der Rote Adlerorden dritter Klasse verliehen. Zu diesem Anlass werde ich ein Festbankett veranstalten, zu dem Sie nebst Ihrer Frau Gemahlin herzlichst eingeladen sind. Eine entsprechende schriftliche Einladung folgt.«

»Meinen herzlichen Glückwunsch. Dann ist ja die heutige Verhandlung der krönende Abschluss Ihrer erfolgreichen Laufbahn gewesen, auch wenn es diesen unangenehmen Zwischenfall am Schluss gegeben hat.«

»Ach was, ich bin Kummer gewohnt. Die meisten Mörder sind eiskalte und skrupellose Verbrecher, denen ein Menschenleben nicht mehr als das Schwarze unterm Fingernagel bedeutet. Doch wenn es ans Eingemachte geht und ihnen selbst das Lebenslicht ausgeblasen werden soll, dann verwandeln sie sich vielfach in ein jammerndes Häufchen Unglück.«

Von Angern zog den Richter ein Stück beiseite und sprach mit gedämpfter Stimme: »Was ist mit dem Erpresser? Sie wollten mir noch das betreffende Schreiben zukommen lassen. Aus dem Papier, aus der Tinte, aus dem Schreibstil, aus der Wortwahl und aus der Rechtschreibung lassen sich wesentlich mehr Informationen über den Täter gewinnen, als man glauben mag. Sie haben mir auch noch nicht genau gesagt, womit Sie erpresst werden, sondern nur, dass der Vorfall weit zurück in Ihre Jugend reicht. Ich brauche dringend Informationen. Ohne nähere Anhaltspunkte kann ich nichts für Sie tun.«

Der Richter klopfte ihm freundlich auf die rechte Schulter.

»Auch in dieser Frage hat mein Leben eine erfreuliche Wendung genommen. Die Sache hat sich erledigt. Ich muss Ihre Fürsorge nicht länger in Anspruch nehmen. Halten wir es deshalb mit dem großen Dichter William Shakespeare, der einstens sagte: ›So nehmt den guten Willen für die Tat.‹«

»Wie das? Haben sich die Anschuldigungen als haltlos herausgestellt?«

Der Richter lächelte auf eine Art und Weise, die dem Kriminalinspektor ganz und gar nicht gefiel. Dann sagte Emil von Frankenberg-Ludwigsdorf: »Ich konnte Kontakt zu dem Erpresser aufnehmen. Wie, wann und wo tut nichts zur Sache. Danach war es ein Leichtes für mich, ihn von seinen verbrecherischen Plänen abzubringen. Aber genug davon geschwafelt. Nun beginnt der angenehmere Teil meines Lebens. Ich kann mich endlich ganz und gar meiner eigentlichen Profession widmen und einen ausführlichen Kommentar zum Strafgesetzbuch verfassen. Ich beabsichtige nämlich allen Ernstes, mein lieber Louis von Angern, Rechtsgeschichte zu schreiben.«

5. Große Verwirrung

Ich muss aber auf die Gefahr hin, mich in ein komisches Licht zu stellen, noch Weiteres an meiner Ehehälfte loben, und zwar ihr Temperament, ihren ausgesprochen ästhetischen Sinn, ihre Naivität und nicht zum wenigsten ihre Unlogik.
Theodor Fontane, *Autobiographische Schriften*

BERLIN, 7. APRIL 1893

Als Louis von Angern am frühen Freitagnachmittag nach Hause lief, hatte er gute Laune. Sowohl der Sonnabend als auch der Sonntag waren dienstfrei. Er würde deshalb genügend Muße haben, sich seiner Familien zu widmen und mit Theodor Fontane zu plaudern, den er in letzter Zeit sträflichst vernachlässigt hatte.

Beschwingt sprang der Kriminalinspektor zu Hause die Treppen zur Beletage hinauf und grüßte freundlich den Hausmeister, der ihm von oben entgegenkam. Doch in dem Moment, als von Angern die Wohnungstür öffnete, zerplatzte das Hochgefühl wie eine Seifenblase. Seine Eheliebste saß völlig aufgelöst in der guten Stube im Ohrensessel. Therese heulte Rotzblasen und Reiherschnecken. Ihre Wangen glühten, ihre Augen waren verquollen und gerötet.

Lange Zeit konnte ihr Ehemann kein einziges vernünftiges Wort aus ihr herausbringen. Auf jede Frage, die er ihr stellte, antwortete sie mit einem noch lauteren Schluchzen. Schließlich erinnerte er sich an seine Jugend und wie ihm seine Mutter Trost gespendet hatte, wenn er sich beim Herumtoben im Garten die Knie aufgeschlagen oder die Rippen geprellt hatte. Also umfasste Louis seine Therese, hob sie behutsam hoch und trug sie hinüber zum Kanapee. Dort schob er ihr ein Stützkissen unter den Rücken und begann zart ihr Gesicht zu streicheln. Endlich beruhigte sie sich wieder. Aber selbst als sie endlich wieder zu sprechen vermochte, blieb ihre Rede wirr und unverständlich. Erst nach langem Hin und Her brachte ihr Gatte Folgendes aus ihr heraus:

Ihr Sohn hatte sich der Burschenschaft *Germania* angeschlossen. Das war eine ultranationale schlagende Verbindung. Trauthelm wollte nicht länger als Außenseiter unter den Studiosi der Jurisprudenz gelten. Die meisten seiner Professoren waren früher Korpsbrüder gewesen, und fast alle seine Kommilitonen gehörten inzwischen dazu.

»Nichts wird so heiß gegessen, wie es gekocht wird«, stellte Louis von Angern pragmatisch fest. »Soll ich dir einen Fencheltee kochen? Der beruhigt deine Nerven. Oder einen feuchten Lappen holen, um dein erhitztes Gesicht zu kühlen?« Das war natürlich völlig falsch. Seine Mutter hatte damals auch nicht gefragt, sondern gehandelt.

Die Reaktion war dementsprechend. Therese richtete sich jählings auf und jammerte: »Ich will mich nicht beherrschen. Davon wird es auch nicht besser. Weißt du eigentlich, was diese Burschen bei den Zusammenkünften ihrer Studentenverbindung treiben? Sie sitzen auf langen Bänken und halten Humpen in den Händen. Auf Kommando müssen sie jeder einen halben Liter Bier hinunterschütten, und zwar unablässig den gesamten Abend lang. Am Schluss sind sie alle so betrunken, dass sie hilflos durch die Stadt irren, sofern sie nicht von Knechten nach Hause geführt werden. Lediglich der Inhalt der Mägen findet von allein nach draußen.«

»So sind Studenten nun mal. Sie trinken gerne mal einen über den Durst. Das gehört zum Weg der Erkenntnis mit dazu. Damals, als ich in den Krieg gegen Frankreich gezogen bin, haben sich die Soldaten mehr vom Branntwein als vom Brot ernährt.«

Seine Frau schlug ihm gegen die Brust. »Ganz genau. Du bist das beste Beispiel. Du warst im Gefecht so betrunken, dass du fast vom Pferd gefallen wärst und dir die Franzmänner deshalb ganz ungehindert aus nächster Nähe einen Lungendurchschuss verpassen konnten. Und wenn ich dich nicht im Sanatorium gesund gepflegt hätte, dann würdest du dir jetzt die Stiefmütterchen von unten betrachten!«

»Das stimmt doch überhaupt nicht. Vor der Schlacht von Weißenburg hatte ich keinen einzigen Tropfen getrunken. Ich wurde von der Musketenkugel eines Heckenschützen getroffen, als wir in voller Formation …«

»Papperlapapp. Deine Geschichte ändert sich von Mal zu Mal, so wie dein Heldenmut im Laufe der Zeit immer mehr zunimmt. Demnächst wirst du behaupten wollen, du hättest höchstpersönlich auf Schloss Geisberg die Siegesfahne gehisst. Der französische General Abel Douay hätte aus Frustration über diese kühne Tat aus nächster Nähe seine mit Silber beschlagenen Steinschlosspistolen auf dich abgefeuert. Mit allerletzter Kraft hättest du ihm noch den Kopf vom Halse trennen können.«

Von Angern ballte in gespielter Entrüstung beide Fäuste. »So etwas würde ich nie behaupten. Ich bin nur von einfachem Adel und kein Lügenbaron. Doch sei dem, wie ihm wolle: Es mag durchaus sein, dass unser Sohnematz hin und wieder nach reichlichem Trinkgenuss mit seinem Mageninhalt kämpfen muss, aber das sind auch die einzigen Gefahren, denen er ausgesetzt sein wird.«

»Interessant, mein Gatte ist ein weltfremder Träumer geworden«, entgegnete Therese schnippisch. »Dein Wesen ändert sich beinah täglich. Und was ist mit der Satisfaktion bei den Ehrenhändeln, der Pflichtmensur, den Duellen? Trauthelm hat mir erzählt, dass die *Germania* einen eigenen Fechtboden besitzt. Unser Sohn freut sich schon darauf, einem Kontrahenten aus seinem Semester eine blutige Abfuhr erteilen zu dürfen. Glaubst du im Ernst, unser Sprössling werde ungeschoren davonkommen? Er hat solch ein hübsches Gesicht. Und bald wird es von hässlichen Schmissen verunstaltet sein!«

»Jetzt übertreibst du aber maßlos. Nicht jeder Fechtgang endet gleich mit einer Narbe.«

»Natürlich nicht jeder. Aber der Sinn einer Kontrahage besteht ja hauptsächlich darin, dem Gegner einen Schmiss zu verpassen. Schau dir doch die alten Burschenschafter an. Hoffmann von Fallersleben, Fritz Reuter, Theodor Storm und Ludwig Uhland hatten alle Narben im Gesicht. Friedrich Nietzsche ist darüber wahnsinnig geworden.«

»Das ist überhaupt nicht erwiesen. Die eigentliche Ursache soll eine nicht ausgeheilte Syphiliserkrankung gewesen sein. Außerdem ist gegen eine kleine Narbe nichts einzuwenden. Ich habe unter großen Schmerzen ein Wundmal neben dem Herzen davongetragen und trotzdem eine wunderschöne Frau abbekommen.«

»Verdammt noch mal. Du kannst nie ernst bleiben und musst immer alles gleich ins Lächerliche ziehen.«

»Und du sollst nicht fluchen gegen deinen dir angetrauten Ehemann«, erwiderte Louis von Angern schmunzelnd. »In der heiligen Schrift steht schon im 2. Buch Mose 32 geschrieben: ›Ich will den aus meinem Buch tilgen, der an mir sündigt.‹«

Doch seine Frau ging nicht auf diesen scherzhaften Ton ein. Sie entgegnete missfällig: »Sobald dein Sohn im Zuchthaus sitzt, wird dir das Lachen schon vergehen.«

»Weshalb um alles in der Welt sollte unser Stammhalter ins Gefängnis kommen?«

»Wer von uns beiden ist denn Polizist? Wer verschlingt denn reihenweise dicke Gesetzesbücher wie andere Leute das illustrierte Familienblatt *Die Gartenlaube*?«

»Ich verstehe nicht, was du meinst.« Von Angern war in der Tat völlig ahnungslos.

»Im Strafgesetzbuch steht, dass Duelle verboten sind. Wer dabei erwischt wird, wandert für Monate, wenn nicht gar für Jahre hinter Gitter.«

»Die meisten Richter waren früher selbst aktive Burschenschafter und sind als alte Herren Ehrenmitglieder geworden. Sie werden schon ein Auge zudrücken, wenn unser Filius tatsächlich vor die Schranken der Gerichte treten sollte.«

»Kannst du das garantieren, oder hoffst du es nur?«

Ihr Gatte zuckte mit den Schulten.

»Da hast du es! Aber die Marmeladenstulle fällt immer mit der geschmierten Seite auf den Teppich. Was schiefgehen kann, geht auch schief. Also sag du mir bitte nicht, ich bräuchte mir keine Sorgen zu machen.«

Louis von Angern hatte keine Lust mehr, sich noch länger über dieses unerquickliche Thema zu unterhalten. »Wir sprechen mit Trauthelm darüber, sobald er nach Hause kommt. Aber letzten Endes ist es seine Entscheidung. Er wird in diesem Jahr volljährig. Apropos. Wo ist eigentlich unser Herzblatt Florentine? Sie hat doch freitags sonst immer viel früher Schluss in ihrem Institut?«

Ein schriller Aufschrei war die Folge dieser harmlosen Frage. Außerdem strampelte seine Frau wie ein Kleinkind mit ihren Armen und Beinen.

»Schaut mal alle her. Therese bekommt wieder einen ihrer Anfälle«, murmelte der Kriminalinspektor entgeistert. Diesen Spruch hatte er früher häufig verwendet, wenn sich seine Tochter bockig auf die Erde geschmissen hatte.

Nach einer Weile richtete sich seine Gattin auf, strich sich eine

Haarsträhne aus dem Gesicht und meinte mit matter Stimme: »Unser Goldkämmchen hat einen Geliebten!«

»Na prima, das nenne ich einen Grund zur Freude. Florentine ist bald zwanzig Jahre alt. Sie wird heiraten, Kinder bekommen und diesen ganzen Quatsch mit dem Medizinstudium vergessen.«

»Sei vorsichtig mit deinen Wünschen, Mann! Manche könnten in Erfüllung gehen.«

»Was willst du mit diesen nebulösen Andeutungen bezwecken? Heraus mit der Sprache, frisch von der Leber weg.«

»Ihr Angebeteter heißt Otto Lilienthal. Er ist sechsundzwanzig Jahre älter, Vater mehrerer Kinder und völlig verrückt.«

Louis von Angern erhob sich, atmete tief durch und lief einige Schritte auf und ab. Nachdem er den Schock halbwegs verdaut hatte, sagte er: »Ist Lilienthal nicht dieser bekloppte Luftikus, der sich gleich Ikarus in die Lüfte erheben will und sich zu diesem Behufe aus Sperrholz und Wachspapier einen Segelapparat zusammengeleimt hat?«

»Ganz genau um eben denselben handelt es sich. Und dieser Wahnsinnige will unser Nesthäkchen in die Übungen des Kunstfluges einweisen. Florentine ist bereits Feuer und Flamme. Sie meint doch tatsächlich allen Ernstes, dass es noch in diesem Jahrhundert motorgetriebene Aeroplane geben wird, mit denen es sich hoch über den Wolken weit hinaus ins Land bis nach Schönefeld fliegen lässt.«

»Dann ist die Sache mit Trauthelms Burschenschaft vielleicht doch gar nicht so schlecht. Er kann diesem Lufthut den Fehdehandschuh vor die Füße werfen und ihn anschließend mit seinem Florett wie einen Maikäfer aufspießen.«

Im nächsten Moment flog die Korridortür krachend auf, und die Tochter kam wehklagend in den Flur gestürzt. »Werte Frau Mama, bist du da?«, rief sie verzweifelt. Das arme Ding zitterte am ganzen Körper.

»Aber ja doch, mein Küken, hier bin ich. Wer hat dir denn ein Leid zugefügt?«

Florentine kam in die gute Stube und stampfte wütend mit dem rechten Fuß auf. »Dieser Schuft. Ich dachte, er hätte mir verliebte Äuglein gemacht, aber er wollte mich nur als eine seiner Schülerinnen anwerben. Ich sollte eine Gleiche unter Gleichen sein. Als ich ihn auf den schmachtenden Blick ansprach, den er mir so freimütig geschenkt hatte, meinte er, das sei lediglich meine Einbildung gewesen. Und nun zerreißt es mir das Herz. Ich werde nie wieder einen Mann lieben können. Ich gehe ins Kloster und lege ein Gelübde ab.«

Therese von Angern reagierte pragmatisch. Sie erhob sich vom Kanapee, ordnete ihr Kleidung und ihr Haar, wischte eine Träne von ihrer Wange und schlug dann ihrer Tochter vor: »Ich hatte soeben vor, der Manufaktur *Wertheim* einen Besuch abzustatten. Ich hielte es für eine famose Idee, wenn du mich begleiten würdest. Es soll in dieser Woche exzellente flandrische Spitze hereingekommen sein, die sich vorzüglich als Besatz für dein lila Seidenkleid eignen würde.«

Wie viele junge Menschen beherrschte Florentine die Kunst, völlig übergangslos von einer Stimmungslage zur nächsten zu wechseln. Sie sprang juchzend in die Höhe und klatschte voller Freude in die Hände. Fünf Minuten später waren die beiden Frauen zur Tür hinaus und ließen einen völlig verwirrten Louis von Angern in einem Wechselbad der Gefühle zurück.

Er überlegte, was er nun am besten anstellen könnte, um wieder ein normaler Mensch zu werden. Sollte er in die nächste Schankstube gehen und sich ein Glas Bier und einige Schnäpse genehmigen? Oder wäre es angebrachter, dieses neumodische Grammophon in Gang zu setzen und ein wenig Musik zu hören?

Im nächsten Moment pochte es draußen an der Tür. Davor stand Fontanes Tochter Martha, die von allen nur Mete genannt wurde. Sie hatte in Berlin zuerst die höhere Mädchenschule und später ein Lehrerinnenseminar absolviert. Aufgrund einer Reihe von Unpässlichkeiten musste sie jedoch ihre Berufstätigkeit aufgeben und war in die elterliche Wohnung zurückgekehrt. Theodor Fontane hatte seiner Tochter in den Romanen *Grete Minde* und *Frau Jenny Treibel* ein literarisches Denkmal gesetzt. Mete wirkte zwar immer etwas kränklich, war aber von raschem und hellem Verstand. »Der Herr Vater wünscht Euch zu sehen«, sagte sie. »Er tadelt Euch wegen Eurer langen Absenz.«

Weil Louis von Angern nichts Besseres zu tun hatte und außerdem immer noch komplett angekleidet war, folgte er ihr auf dem Fuße.

*

Theodor Fontane machte einen verdrießlichen Eindruck. »Mein lieber Kriminalinspektor, die Rätselnüsse, die Sie mir letztens zum Knacken gegeben haben, waren das Papier nicht wert, auf dem sie standen. Fall eins: Der Müller hat den Esel geschlagen, weil er wieder einmal bockig war. Die geschundene Kreatur konnte diese Willkür nicht länger ertragen. Das Grautier setzte sich zur Wehr und keilte kräftig aus. Ein Huftritt traf den Müller in der Seite und brach ihm mehrere Rippen. Der Räbiger Fritz ist vollkommen unschuldig. Er kam erst viel später hinzu.

Fall zwei: Der Raubmörder kann nur der Dillenburger Karl gewesen sein, und zwar aus folgendem Grund … Ach, was soll's. Es war höchst simpel und wurde bei den anderen Fällen nicht besser. Ich brauche dringend etwas, womit ich mein Gehirnschmalz aus seiner Erstarrung befreien kann.«

»Gestatten Sie, dass ich mich setze?«

»Aber selbstverständlich, mein bester Freund. Verzeihen Sie mir altem Knaster meine Unhöflichkeit. Aber das ist die Folge davon, dass ich hier in meiner Kemenate versauere und nicht mehr unter Leute komme. Was möchten Sie trinken? Ich könnte Ihnen ein Gläschen Portwein empfehlen. Ich habe einen ausgezeichneten *Touriga Francesca* vorrätig. Leider darf ich Ihnen nicht zuprosten. Der Arzt hat mir Alkohol in jeglicher Form untersagt. Von Zigarren hingegen war wohl nicht die Rede. Oder ich habe es vergessen.«

Kurz darauf hatten es sich die beiden Herren bequem gemacht und pafften munter drauflos. Von Angern kostete den Port und war des Lobes voll. Dann kam er zum Thema: »Der folgende Fall ist völlig verzwickt. Er hat mehrere lose Ende, aber ich kann sie nicht miteinander verknüpfen.«

Fontane nickte ihm aufmunternd zu. »Ich bin ganz Ohr.«

»Beginnen wir mit dem einfachen Teil der Geschichte. Ein vom Leben arg vernachlässigter Junggeselle begeht den schweren Fehler, sich in eine Bordsteinschwalbe zu verlieben. Die Halbseidene ist von angenehmem Äußeren, und sie versteht ihr Handwerk. Sie lässt ihn in dem Glauben, dass sie seine Gefühle erwidert. Er beschließt, eine Heldentat zu vollbringen und die Nachtwandlerin aus der Gosse zu holen. Aber es gebricht ihm an den nötigen Mitteln. Schließlich und endlich bestiehlt er seinen Prinzipal und nimmt ein Dokument an sich, von dem er glaubt, dass es äußerst wertvoll sei und sich leicht zu Geld machen ließe.«

»Was war das für ein Schriftstück?«, unterbrach ihn Fontane.

»Keine Ahnung. Für den weiteren Verlauf der Handlung spielt es nicht die geringste Rolle.«

»Irrtum, mein Lieber! Um ein Kriminalrätsel lösen zu können, muss der Detektiv auf jedes noch so unbedeutende Detail achten. Es ist wie beim *Stomachion*-Spiel des Archimedes, welches bekanntlich aus vierzehn einzelnen Drei-, Vier- und Fünfecken besteht. Diese Teile müssen so aneinandergelegt werden, dass am Ende ein Quadrat entsteht. Das hört sich sehr einfach an, ist aber äußerst schwer zu bewerkstelligen. Das Zusammensetzen wird immer zu einer langwierigen und schweißtreibenden Angelegenheit, sofern nicht der Knobler über einen mathematisch geschulten Verstand verfügt und ein Spezialist auf dem Gebiet der algebraischen Geometrie ist. Aber ich habe Sie unterbrochen. Fahren Sie bitte fort.«

»Der liebestrunkene Galan überbringt seinem Sündentrüffel die freudige Botschaft. Aber seine Herzensdame reagiert ganz anders als erwartet. Sie lacht ihn aus und weist ihn von sich. Da rastet der Bursche aus und ersticht die Mitternachtsamsel. Dem Wahnsinn nah rennt er planlos auf die Gasse hinaus und wird sofort gefasst. Doch das macht ihm nichts mehr aus. Das Leben hat seinen Sinn für ihn verloren. Er legt ein volles Geständnis ab und wird vor Gericht gestellt. Dort bekommt er, was ihm zusteht, nämlich die Todesstrafe. Damit ist der Fall abgeschlossen.«

»Es tut mir sehr leid«, räsonierte der Dichter. »Aber in diesem Fall kann ich bislang noch kein Rätsel erkennen.«

»Es besteht auch keines. Der Mord ist nur die Vorgeschichte zum eigentlichen Fall, der hingegen mysteriöser gar nicht sein könnte.«

»Berichten Sie, mein guter Kriminalinspektor. Ich bin ganz Ohr.«

»Vierzehn Tage später will der Fabrikbesitzer, bei dem unser Mörder angestellt war, vom Anhalter Bahnhof aus mit der Eisenbahn nach Leipzig fahren. Er kauft sich standesgemäß ein Billett erster Klasse, aber er kann die Reise nicht antreten. Er wird nämlich Punkt drei Uhr nachmittags in seinem Abteil erschossen.«

»Woher wissen wir das?«

»Der Bahnhofsvorsteher war Ohrenzeuge. Er stand draußen auf dem Perron, als der Schuss fiel.«

»Den Mord selbst hat er also nicht gesehen«, stellte Fontane fest. »Wie viele Minuten vor der Abfahrt war der Eisenbahnzug nach Leipzig am Bahnsteig bereitgestellt worden?«

»Keine Ahnung«, antwortete der Kriminalinspektor wahrheitsgemäß. »Weshalb sollte das von Belang sein?«

»Nun, weil möglicherweise der Mord bereits viel früher geschah, aber von niemandem bemerkt wurde. Der Bahnbeamte hat zwar einen Schuss gehört, aber der kann auch aus einem ganz anderen Grund abgefeuert worden sein.«

»Jetzt, da Sie das sagen, kommen mir auch leichte Zweifel. Vielleicht haben wir tatsächlich nicht weiter über den Ablauf nachgedacht, weil die Fakten so offensichtlich schienen. Aber lassen Sie mich bitte zunächst mit der Geschichte fortfahren.«

»Bitte sehr, ich bin ganz Ohr.«

»Ein Mann im braunen Mantel rennt davon. Der Bahnhofsvorsteher schickt einen Gendarmen hinterher. Der nimmt die Verfolgung auf, ist aber zu langsam. Der Flüchtling rennt um ein Haar einem Schutzmann in die Arme, der ihm entgegenkommt. Plötzlich ist der Mann im braunen Mantel von der Bildfläche verschwunden. Es gibt nur eine einzige Möglichkeit, wo er abgeblieben sein kann, und zwar in einem Restaurant.

Die beiden Polizisten gehen hinein, aber sie finden keinen Mann im braunen Mantel vor. Es sind zwar drei Herren anwesend, aber sie tragen alle schwarze Mäntel. Und von dem Flüchtenden hat niemand das Gesicht gesehen.«

»Pah, das ist nun aber einfach. Der Schurke hat einen Wendemantel benutzt. Haben Sie noch nie davon gehört? Ein Wendemantel ist auf der einen Seite schwarz und auf der anderen Seite braun. Das ist doch ein uralter Trick, der gerne benutzt wird, um Verfolger abzuschütteln.«

Von Angern schlug sich mit der flachen Hand vor die Stirn. »Sie haben natürlich völlig recht, mein lieber Fontane. Es ist mir unerklärlich, weshalb ich nicht selbst darauf gekommen bin. Einer dieser drei männlichen Gäste ist nämlich ein amtsbekannter Ganove. Ihm wäre der Trick mit dem Wendemantel durchaus zu-

zutrauen. Aber auch das würde uns nicht weiterhelfen, denn er besitzt ein wasserdichtes Alibi.«

»Und das wäre?«

»Das Restaurant liegt vom Anhalter Bahnhof fast einen Kilometer weit entfernt. Um Punkt drei Uhr ist der Mann im braunen Mantel losgerannt. Doch es gibt jede Menge Zeugen, die beschwören können, dass der Tatverdächtige ganz genau um drei Uhr das Lokal betreten hat. Wie kann er Hunderte von Metern in Bruchteilen von Sekunden zurückgelegt haben? Das könnte noch nicht einmal Otto Lilienthal.«

»Wer zum Henker ist Otto Lilienthal?«, wollte Fontane wissen.

»Ach, das ist nur so ein Erfinder, der von sich behauptet, er könne fliegen.«

Fontane zog die Stirn kraus und rollte mit den Augen. Dann rieb er sich die Hände. »Die Sache liegt doch auf der Hand. Es kann gar nicht anders sein. An welchem Tag genau hat sich die Sache ereignet?«

»Spielt das irgendeine Rolle?«

»Wenn ich das Rätsel lösen soll schon.«

»Von mir aus«, brummelte von Angern. »Es ist am 1. April gewesen.«

»So, so, es war also am 1. April. Dann ist die Sache klar wie Kloßbrühe. Was war an diesem Tag sonst noch so los in Berlin?«

»Was soll da schon los gewesen sein? Die Sonne hat geschienen. Es war warm. Es gab einen Zusammenstoß von zwei Droschken. In der Pferdebahn ist eine Frau unglücklich gestürzt und hat sich das Genick gebrochen. In die Tabakwarenhandlung in der Friedrichstraße wurde eingebrochen.«

Fontane winkte ab. »Das alles meine ich nicht.« Dann insistierte er: »Bitte denken Sie weiter nach. Es gab noch ein ganz herausragendes Ereignis.«

»Tut mir leid. Ich weiß beim besten Willen nicht, was Sie meinen.«

»Nun, dann will ich es Ihnen verraten, mein lieber Kriminalinspektor: Am 1. April anno 1893 wurde in ganz Deutschland eine Einheitszeit eingeführt, welche sich Mitteleuropäische Zeit nennt und welche sich an der Weltzeit, also der sogenannten Greenwicher Zeit, orientiert. Die Mitteleuropäische Zeit ist der Greenwicher Zeit um eine ganze Stunde voraus, und sie gilt inzwischen außer im Deutschen Reich auch noch in Luxemburg, Österreich-Ungarn, Dänemark, Schweden, Norwegen, Italien, Bosnien, Serbien, der Schweiz sowie in der westlichen Türkei.

Bis Ende März hatten wir in Preußen noch die sogenannte Berliner Zeit. Im Vergleich zur Mitteleuropäischen Zeit ging die Berliner Zeit ganz genau sechs Minuten und fünfundzwanzig Sekunden nach. Verstehen Sie, was ich damit sagen will?«

Von Angern schüttelte den Kopf.

Fontane setzte fort: »In dem betreffenden Lokal muss also an gut sichtbarer Stelle eine Uhr gehangen haben, die statt der neuen Einheitszeit noch die alte Berliner Zeit anzeigte. Eine andere logische Erklärung gibt es nicht. Entweder die Uhr ging nach, oder der Tatverdächtige ist der falsche Mann. Sie sollten das schnellstens überprüfen und den Wirt fragen, ob er die Uhren im Restaurant am 1. April ordnungsgemäß umgestellt hat.«

Von Angern seufzte hörbar. »Da habe ich mich ja wie ein Einfaltspinsel aufgeführt. Vielen Dank. Ich werde das gleich morgen überprüfen lassen. Doch nun möchte ich mich von Ihnen verabschieden. Ich habe Ihre Zeit schon über Gebühr beansprucht.«

»Sitzen bleiben!«, befahl Fontane. »Wir sind noch nicht einmal auf der Hälfte der Wegstrecke angekommen.«

»Wie das?«

»Sie sagten, dass der Freudenfrau-Mörder in einem offensichtlichen Anfall von geistiger Umnachtung oder Ähnlichem seinem

Fabrikdirektor wertvolle Unterlagen gestohlen hat. Was ist mit diesen Papieren passiert?«

»Nichts. Weshalb sollten sie bedeutsam sein?«

Fontane erhob sich und lief in kleinen Schritten auf und ab. Dann fragte er: »Was meinen Sie, was für Papiere könnten das gewesen sein? Zinsverschreibungen, Aktien, Inhaberpapiere, Obligationen, Wechsel oder Rentenanleihen?«

»Keine Ahnung.«

»Ich denke, nichts von alledem. Mit Dokumenten dieser Art konnte der Dieb nichts anfangen. Sobald er versucht hätte, sie einzulösen oder an den Mann zu bringen, wäre er aufgeflogen. Es kann auch kein Zufall sein, dass der ursprüngliche Besitzer der Papiere ermordet wurde.«

»Wie kommen Sie darauf, und was schlussfolgern Sie daraus?«

»Wenn der Rinnsteinblumen-Mörder keine Wertpapiere entwendet hat, bleibt nicht mehr viel übrig. Er muss auf eine unliebsame Wahrheit gestoßen sein, die eine uns bisher noch unbekannte Person in schwere Bedrängnis gebracht hätte, wenn sie publik geworden wäre. Demzufolge hat es sich um einen klaren Fall von Erpressung gehandelt. Sie war bereits im Gange. Deshalb war der Dirnenmörder auch so zuversichtlich, als er zu seiner Auserwählten ging. Er hatte die Katze bereits so gut wie im Sack. Aber dann ist er durchgedreht und hat sich selbst entschärft.

Auch muss er seinen Gegner unterschätzt haben. Der wollte kein weiteres Risiko eingehen und hat gleich noch die eigentliche Quelle der Indiskretion beseitigt. Sprechen Sie mit dem Hurenmörder. Er hält den Schlüssel in der Hand. Er wurde zum Tode verurteilt, sagen Sie?«

Von Angern nickte.

»Dann hat er nichts mehr zu verlieren. Schlagen Sie dem Todgeweihten einen Handel vor. Machen Sie Ihren Einfluss geltend. Reden Sie mit dem Freiherrn von Richthofen und schildern Sie ihm den Fall. Ihm als dem Polizeipräsidenten dürfte es keine große Mühe bereiten, über den Reichskanzler eine Begnadigung seitens des Kaisers zu erwirken.«

Von Angern nickte. »Morgen habe ich zwar meinen freien Tag, aber den lasse ich sausen und werde mich der Sache persönlich annehmen. Sobald ich fündig geworden bin, erstatte ich Ihnen Bericht.«

»Das will ich doch stark hoffen, mein lieber Freund.«

Schon halb in der Tür wandte sich von Angern noch einmal um. »Noch eine letzte Frage auf den Weg: Wo haben Sie Ihren vortrefflichen kriminalistischen Spürsinn her?«

Fontane lächelte. »Wie Sie vielleicht wissen, habe ich als junger Bursche während der Märzrevolution am 18. März 1848 an den Berliner Barrikadenkämpfen teilgenommen. Danach fühlte ich mich in Deutschland weniger wohl und ging sicherheitshalber als Korrespondent nach London. Ich habe so lange in Großbritannien gelebt, bis in Deutschland Gras über die Sache gewachsen war. Notgedrungen musste ich die englische Sprache lernen. Seitdem befinde ich mich in der glücklichen Lage, Bücher von der Insel im Original lesen zu können. Auf diese Weise habe ich einen Schriftsteller entdeckt, der Arthur Conan Doyle heißt. Er hat eine literarische Figur geschaffen, die sich Sherlock Holmes nennt und als Detektiv in einer ganzen Reihe von Erzählungen auftritt. Das Prinzip von diesem Holmes besteht darin, bei einem Kriminalfall alles ganz genau zu betrachten und zu analysieren, auch den kleinsten Details die volle Aufmerksamkeit zu schenken und dann daraus rationale Schlussfolgerungen zu ziehen. Nichts anderes mache ich jetzt auch.«

Als Louis von Angern sehr spät in seine Wohnung zurückkehrte, waren die übrigen Familienmitglieder bereits in tiefem Schlaf versunken. Im Korridor hing am Garderobenständer eine Mütze mit Lackschirm über einer seidenen Schärpe. Beide Bekleidungsstücke waren in den Farben Schwarz-Rot-Silber gehalten. Die Schärpe wurde von einer Kokarde geschmückt. Sie trug das Wappen der Burschenschaft *Germania*.

Der Kriminalinspektor setzte sich noch für eine Weile in seinen Lieblingssessel, um in Ruhe über alles nachzudenken. Sein Blick fiel auf den Papierkorb, der aus einem Elefantenfuß gefertigt worden war. Er fischte eine zerknüllte Werbebroschüre heraus. Von Angern glättete das Papier und las: »Segelapparate zur Uebung des Kunstflugs fertigt die Maschinenfabrik von O. Lilienthal, Berlin S., Köpenickerstrasse 113«.

*

Simon Landshoff hatte die ganze Nacht über kein Auge zugemacht, was in Anbetracht seiner Lage völlig verständlich war. Alles andere wäre unnormal gewesen. Er hoffte auf irgendein Wunder in letzter Minute, aber er hatte keine Ahnung, wer es für ihn vollbringen könnte. Kurz nach Mitternacht wurde er mit der »Grünen Minna« zum Strafgefängnis Plötzensee gebracht und dort tief unten im Keller in eine Einzelzelle verfrachtet.

Morgens um fünf Uhr brachte der Schließer die Henkersmahlzeit: eine Schüssel Bohnensuppe, einen doppelten Rum, eine Zigarette und eine Tasse Kaffee. Um kurz vor sechs Uhr wurde der Delinquent von zwei Wärtern gepackt. Sie fesselten ihm die Hände auf den Rücken und schleiften ihn in einen großen viereckigen Raum. Er war fensterlos und hell erleuchtet. Mitten in der Hinrichtungsstätte, über einem Abfluss im fleckigen Zementfußboden, stand das Schafott. Eine Glocke begann zu läuten.

Dann kamen der Staatsanwalt Hugo von Beguelin, der Gefängnisdirektor, die zwei beisitzenden Richter aus der Verhandlung am Kriminalgericht, ein Gerichtsschreiber, ein Priester, zwölf Zeugen – alles achtbare Bürger –, der Henker und dessen drei Gehilfen schweigend zur Tür hereingeschritten und verteilten sich an den Seiten. Da dies völlig reibungslos geschah, hatten sie es offensichtlich vorher geübt. Der Scharfrichter trat hinter den Todeskandidaten und schnitt ihm mit einer scharfen Schere den Hemdkragen ab. Simon Landshoff hatte ein flaues Gefühl im Magen.

Der Staatsanwalt verlas noch einmal das Todesurteil und fügte erläuternd hinzu: »Seine Majestät, der Kaiser, hat keinen Gebrauch von seinem Begnadigungsrecht gemacht. Damit ist die Vollstreckung gemäß Paragraph 485 Strafprozessordnung zulässig. Henker, walten Sie Ihres Amtes!«

In diesem Moment versagten bei Simon Landshoff sowohl die Blase als auch der Schließmuskel. Der Delinquent wäre auf der Stelle zusammengeklappt, wenn ihn die beiden Wärter nicht eisern festgehalten hätten. Sie packten ihn mit dem Gesicht nach unten auf den Richtblock. Dort drückten ihn die Henkersknechte niederwärts. Der Scharfrichter ließ das Handbeil niedersausen. Anschließend meldete er: »Herr Staatsanwalt, das Urteil wurde vollzogen.«

Zum Abschluss untersuchte der Gefängnisarzt den Leichnam und notierte im Protokollbuch: »Der Tod trat am 8. April 1893 um Punkt sechs Uhr ein. Der Hals wurde zwischen dem vierten und fünften Wirbel durchtrennt, was mit einer Kompression des Vorderhalses verbunden war. Diese Kompression hätte normalerweise zu schweren Folgeschäden geführt, blieb aber im vorliegenden Fall, weil der Tod bereits eingetreten war, ohne negatives Resultat.«

Der Staatsanwalt, die Richter und auch die restlichen Teilnehmer der Hinrichtung folgten dem Gefängnisdirektor hinauf in die Kantine. Dort gab es frisches Bauernbrot vom Markt, Rühreier mit Krabben, dicke Bratwürste und Speck. Zum Schluss stellte der Gefängnisarzt aus medizinischen Gründen zwei Literflaschen *Allasch* auf den Tisch. Dabei handelte es sich um einen hochprozentigen russischen Likör, der außer viel Kümmel unter anderem noch Anis, Fenchel und Koriander enthielt. Gemäß der russischen Trinksitte wurde der *Allasch* aus Wassergläsern getrunken. Dazu verzehrten die Zecher Speck mit Brot. Als sich die Gesellschaft gegen zehn Uhr am Morgen auflöste, hatten alle Gefährten die gute Laune im Gepäck.

6. Zu spät gekommen

Endlich, den dritten Tag, war Hans
seiner Qual erlegen und Kurt streifte kaltblütig
den Silberring von der Hand des Toten.
Theodor Fontane,
Die Eldenburger Quitzows

BERLIN, 8. APRIL 1893

Am Frühstückstisch saßen an diesem Samstag nur zwei Personen, als Louis von Angern zur Tür hereinkam. Trauthelm fehlte entgegen seiner sonstigen Gewohnheiten, obgleich er ein begeisterter Esser war. »Was ist mit unserem Filius? Hat ihn die Schlafkrankheit übermannt?«, fragte der Hausherr mit erstauntem Blick auf Gattin und Tochter.

»Ihm ist nicht wohl. Er hatte gestern seinen Fuchs-Kommers und wurde feierlich in die Reihen der *Germania* aufgenommen. Stell dir vor, welcher Respekt ihm gezollt wurde: Alle Burschen und sogar der Alterspräsident sind aufgestanden wie ein Mann und haben ihm zugeprostet. Nur ihm zu Ehren wurde das *Bummellied* angestimmt.«

»Was zum Teufel ist das *Bummellied*?«, fragte von Angern verdutzt.

»Du sollst nicht fluchen, und schon gar nicht am frühen Morgen vor dem Kinde!«, wies ihn seine Gattin mit Blick auf ihre Tochter zurecht.

»Papa, du weißt auch gar nichts«, hakte Florentine ein. »Den Text vom *Bummellied* kennt doch nun wirklich jeder Mensch. Es ist ein Gassenhauer. Es geht so: ›Ich hab den ganzen Vormittag auf meiner Kneipe studiert. Drum sei nun auch der Nachmittag dem Bierstoff dediciert! Ich geh nicht eh'r vom Platze heim, als bis die Wächter zwölfe schrei'n. Vi-val-le-ral-lal-le-ral-lal-le-ral-la.‹« Die Tochter sang im hellen Sopran. Allerdings verfehlte sie den einen oder anderen Ton leicht.

Ihr Vater hielt sich die Ohren zu. »Gut, es reicht. Genug von dieser Katzenmusik. Offensichtlich ist deinem Bruder beim Bierstoff-Dedicieren etwas dazwischengekommen. Als ich nämlich gestern von meinem Plauderstündchen beim alten Fontane in unser trautes Heim zurückkehrte, es mag so kurz nach zehn Uhr gewesen sein, da lag unser Sohnemann schon in der Falle.«

»Nach dem zehnten Lied und dem zehnten halben Liter wurde er von einer leichten Indisposition betroffen, zu der sich in den frühen Morgenstunden ein stärkerer Kopfschmerz hinzugesellte. Ich habe seine Schlafkammer abgedunkelt, ihm feuchte Umschläge gemacht und ihm einen Eimer ans Bett gestellt. Wenn er heute Abend oder morgen früh dann eine leichte Hühnerbrühe zu sich nimmt, wird er als völlig neuer Mensch wiedergeboren werden«, antwortete Therese voller Stolz auf ihren tapferen Sohn, der sich bei seinem ersten Saufgelage wacker geschlagen hatte.

*

Gegen neun Uhr traf der Kriminalinspektor im Polizeipräsidium ein. Er bestellte sich beim Transportkommandanten eine Kutsche, und zwar ein geschlossenes Coupé, um vor den Blicken der Gaffer auf den Straßen geschützt zu sein. Zu seinem Begleiter wählte er Kommissar Bärenzung aus, weil der von allen Kriminalbeamten am besten in den Fall eingearbeitet war und Simon Landshoff durch das Verhör persönlich kannte. Er schien deshalb am geeignetsten zu sein, mit dem Todeskandidaten einen Handel abzuschließen.

Eine Viertelstunde später ging die Fuhre los. Auf dem Kutschbock hatte zur Überraschung des Kriminalinspektors Hans Plettner Platz genommen. Aufgrund seiner Vorkenntnisse als Pferdeomnibus-Schaffner war derselbige inzwischen vom einfachen Schutzmann zum Rosslenker in der Transportsektion befördert worden. Der frischgebackene Fuhrmann verbeugte sich tief, als die beiden Kriminalbeamten zu seiner Chaise kamen. »Euer Gnaden, ich bin immer noch voller Dankbarkeit über die große Gunst, die Sie mir gewährt haben. Wenn ich meine Karriere im selben Tempo fortsetzen kann, wie sie begonnen hat, werde ich zum Jahresende wahrscheinlich der Kommandeur einer eigenen Korporalschaft sein. Wo soll es denn heute hingehen?«

»Zuerst wollen wir nach Moabit zum Untersuchungsgefängnis. Wahrscheinlich werden wir anschließend den ganzen Tag lang kreuz und quer in der Stadt unterwegs sein.«

Bärenzung verdrehte die Augen, aber Hans Plettner erwiderte erfreut: »Mir soll es nur recht sein. Ich werde Sie direkt am Eingang der Haftanstalt absetzen und dann die Kutsche auf dem Hof der Landgendarmerie abstellen. Welche Strecke wollen wir nehmen? Die kürzeste Route? Oder die schnellste Verbindung über die Oranienburger und die Invalidenstraße?«

»Genug geschwatzt! Los geht die Fahrt. Wir haben keine Zeit gestohlen.«

Der Kutscher ließ die Peitsche knallen. Ächzend und stöhnend setzte sich das Coupé in Bewegung und rollte durch das Tor des Polizeipräsidiums hinaus auf die Straße. Trotzdem der Wagen bereits über Gummiräder verfügte, wurden die Insassen bei der nun folgenden raschen Fahrt über Stock und Stein tüchtig durchgeschüttelt. Von Angern erklärte derweil seinem Untergebenen in kurzen Worten seine Vorhaben. Allerdings vergaß er vor lauter Eile zu erwähnen, wer der Spiritus Rector der Aktion war.

Bärenzung, dem zunächst noch der Blick für das Große und Ganze fehlte, fragte mehrfach nach. In der Endkonsequenz hielt er gleichwohl die Überlegungen seines Vorgesetzten für logisch und plausibel. Sein anfängliche Skepsis wich der Vorfreude auf einen ereignisreichen Tag. Er sollte nicht enttäuscht werden.

In Moabit ließen sich die beiden Kriminalpolizisten auf direktem Weg in das Büro des Direktors der Untersuchungshaftanstalt führen. Doch Arthur von Unruh hatte schlechte Nachrichten für sie: »Meine Herren, ich bedaure es zutiefst, aber der Delinquent Landshoff, Simon, befindet sich nicht mehr in meinem Gewahrsam. Er wurde heute früh noch weit vor Tagesanbruch nach Plötzensee überstellt.«

Von Angern wurde blass. »Wer hat das veranlasst?«

»Das war der ehrenwerte Richter am Landgericht Emil von Frankenberg-Ludwigsdorf höchstpersönlich. Von ihm stammte die entsprechende gerichtliche Verfügung. Seine Majestät, der Kaiser, hatte in Anbetracht der grausamen Tat auf eine Begnadigung des Mörders verzichtet.«

»Das begreife, wer will«, wunderte sich der Kriminalinspektor. »Von Frankenberg-Ludwigsdorf befindet sich seit dem 5. April im Ruhestand. Wie kann er dann einen Tag später als Richter a. D. ein Dekret unterzeichnen? Und wann und wo hat der Kaiser die Begnadigung abgelehnt? Die nächste Kabinettssitzung findet doch erst in einer Woche statt?«

Der Gefängnisdirektor zuckte mit den Schultern. »Diese Fragen kann ich Ihnen leider nicht beantworten. Die Wege des Herrn sind unergründlich. Vielleicht wurde diese Angelegenheit von höchster Stelle als besonders wichtig eingestuft, und deshalb hat die Staatsräson ein rasches Handeln erfordert.«

»Hochverehrter Herr von Unruh, bitte tun Sie mir einen Gefallen. Greifen Sie sofort zum Telephonapparat und rufen Sie Ihren Kollegen in Plötzensee an. Es ist höchste Eisenbahn. Wir müssen versuchen, das Schlimmste zu verhindern. Hoffentlich ist es nicht schon zu spät.«

Der Gefängnisdirektor tat, wie ihm geheißen. Er langte nach dem Fernsprechgerät vor sich auf dem Schreibtisch, nahm den Hörer von der Gabel und ließ sich mit dem Strafgefängnis Plötzensee verbinden. Nachdem das Gespräch zustande gekommen war, begann er sein Anliegen vorzutragen, kam aber kaum zu Wort. Immer wieder wurde Arthur von Unruh von der Gegenseite unterbrochen.

Schließlich reichte er dem Kriminalinspektor den Telephonhörer. Der hielt sich den Schalltrichter ans Ohr. Er konnte eine Stimme vernehmen, die offensichtlich einem Betrunkenen gehörte, denn dieser konnte nur noch lallen: »Der Bösewicht hat, hicks, den Ko-kopf verloren. Prosit *Allasch*!« Alsdann war die Verbindung unterbrochen.

»Herr Direktor, versuchen Sie es bitte noch in der Registratur. Wir brauchen eine amtliche Bestätigung dafür, dass die Hinrichtung tatsächlich stattgefunden hat.«

Arthur von Unruh griff erneut zum Fernsprecher.

*

Die nächste Station der beiden Kriminalpolizisten war das Haus mit der Nummer 7 in der Christianastraße. Das windschiefe dreistöckige Gebäude hatte seine besten Zeiten schon lange hinter sich. Der ehemals hellblaue Verputz war im Laufe der Jahre fleckig und rissig geworden. Im Dach fehlten mehrere Ziegel, und in der obersten Etage waren alle Fenster blind. Die Haustür ließ sich nicht abschließen. Im Treppenaufgang lag Unrat.

Die Beamten stiegen hinauf in den ersten Stock. Dort wohnte die Witwe Siegmunde Wallmeyer. Es roch durchdringend nach gekochtem Kohl und angebranntem Gummi. Nach dem dritten Klopfen öffnete sich die Wohnungstür. Die Vermieterin war Mitte sechzig, ziemlich klein, aber äußerst korpulent. Sie steckte in einem zeltartigen geblümten Kleid. Ihr Doppelkinn glänzte fettig.

Kommissar Bärenzung hielt der Frau wortlos seine Dienstmarke vor die Nase.

Die Alte krächzte: »Herr Oberkriminaler, Sie kommen zu spät. Der Galgenvogel ist längst ausgeflogen. Seit gut drei Wochen hat er sich nicht mehr bei mir blicken lassen.«

»Gute Frau, woher wollen Sie wissen, dass wir Ihren Untermieter besuchen möchten?«, fragte der Kommissar in barschem Ton. »Vielleicht haben wir mit Ihnen ein Hühnchen zu rupfen?«

»Halten Sie mich für total bekloppt? Der Landshoff hat amtlich ein Rad ab. Da war es nur eine Frage der Zeit, bis er eingebuchtet wurde. Dann ist vor ein paar Tagen dieser fiese Schnüffler aufgetaucht. Er hat genauso eine Marke wie Sie gehabt, in der gesamten Bude herumgeschnüffelt, sämtliche Zigarren sowie einen halben Liter Schnaps konfisziert und sich wieder aus dem Staub gemacht. Ich bin zwar religiös und glaube an Wunder, aber nicht an die Wiederkehr meines Zimmerherrn. Er wird reichlich Dreck am Stecken haben.«

»Genug geschwatzt. Wir wollen sein Schlafgemach sehen.«

»Das geht leider nicht. Die Räumlichkeiten sind neu vermietet.«

»Das soll uns nicht stören.«

»Außerdem habe ich all seine persönliche Habe und sämtliche Möbel auf dem Hof verbrannt. Kein Mensch will in einem Bett schlafen, in dem vorher ein Mörder gelegen und Leichenfett ausgeschwitzt hat. Wer ersetzt mir jetzt meinen Verlust? Wer kommt für die rückständige Miete auf? Kann ich bei Ihnen ein entsprechendes Ansuchen einreichen?«

Von Angern drückte die Frau unsanft beiseite und betrat den schmutzigen Korridor. »Genug jetzt von diesem Unsinn. Welcher Zugang ist es?«

Die Witwe wies mürrisch auf die dritte Tür von links.

Das Zimmer war klein und dunkel. Kein einziges Möbelstück passte zu einem anderen. In der Ecke stand jenes Vertiko mit dem Bücheraufsatz, welches der Mörder bei seiner Vernehmung erwähnt hatte. Davor lag ein dickes Buch auf dem Boden. Der Kommissar hob es auf. Es war eine ausgehöhlte Bibel mit einem Geheimversteck. Paul Bärenzung öffnete es. Der Hohlraum war leer.

Doch unter dem Vertiko lugte ein karierter Zettel hervor. Von Angern bückte sich danach. Auf den Wisch hatte jemand mit Tinte geschrieben:

1. Emil von Frankenberg-Ludwigsdorf, Richter. 2. Leopold Altmann-Babzien.

Hinter dem zweiten Namen stand ein dickes Fragezeichen.

»Jetzt fängt die Sache an, interessant zu werden, mein lieber Kommissar«, meinte von Angern verblüfft, als er das Blatt Papier näher untersuchte. »Es sieht so aus, als ob der Zettel aus der Bibel gefallen wäre und ihn der vorgebliche Kriminalbeamte übersehen hätte.«

»Da stimme ich Ihnen durchaus zu. Wer ist Leopold Altmann-Babzien?«

»Ich habe keine Ahnung. Der Name ist mir noch nirgendwo untergekommen. Vielleicht werden wir im Präsidium in einem der Verbrecheralben fündig.«

»Wohin fahren wir als Nächstes?«

»Ich schlage vor, wir besuchen das Restaurant *Trollinger*. Wenn die Auskünfte dort positiv sind, fordern wir Verstärkung an und schnappen uns Georg Seepolt. Dem Richter erweisen wir zu guter Letzt die Ehre. Sicherlich kann er uns ganz genau sagen, was sein Namen auf dem Blatt Kästchenpapier zu suchen hat.«

Der Kommissar äußerte abschließend sarkastisch: »Vielleicht war es ein Wunschzettel an den Weihnachtsmann. Der Landshoff wollte, sobald er den Mord begangen hatte, von Richter Emil von Frankenberg-Ludwigsdorf verurteilt werden. Dieser Herzenswunsch ist sogar in Erfüllung gegangen. Nur beim Staatsanwalt hat es nicht geklappt. Ich kenne nämlich keinen Ankläger, der Leopold Altmann-Babzien heißt.«

*

Im *Trollinger* hatte wieder der kahlköpfige Zapfer Dienst, der auch am 1. April die Geschäfte geführt hatte. Von Angern schaute auf die Uhr über dem Büffet und sah anschließend auf seine Sprungdeckeluhr. Die Zeit stimmt exakt überein. Er nickte dem Kommissar zu.

Paul Bärenzung ließ wieder seine Polizeimarke blitzen und sagte dann zu dem Mann hinter dem Tresen: »Wir kennen uns bereits. Sagen Sie bitte, wer hat die Uhr dort oben gestellt? Sie ging doch letztens falsch.«

»Das bin ich gewesen, Herr Oberkommissar.«

»Wann war das?«

»So etwa vor etwa drei Tagen.«

»Also nicht am 1. April?«

»Nein, keinesfalls, Herr Kriminalrat. Als die Zeitumstellung war, hat noch niemand darauf geachtet. In Lokalen wie diesem hier spielt die genaue Zeit keine Rolle. Auf ein paar Minuten früher oder später kommt es nicht an. Aber dann hat mich ein Gast darauf aufmerksam gemacht. Mich persönlich hätte es nicht gestört. Aber weil bei uns der Kunde König ist, habe ich ihm den Gefallen getan und die Zeiger vorgerückt, ganz exakt um sechs Minuten und fünfundzwanzig Sekunden.«

»Können Sie darauf einen Eid leisten?«

»Wenn es sein muss, ja.«

»Kommen Sie, mein Bester«, sagte von Angern und zog seinen Untergebenen am Ärmel. »Wir haben genug gehört. Kommissar Bärenzung geht jetzt auf Bärenfang. Also auf zur Höhle des Bären!«

»Löwen, es heißt ›Löwen‹.«

»Von mir aus, dann eben auf zum Bärenfang in der Höhle des Löwen.«

*

Von Angern hatte ein halbes Dutzend Polizisten angefordert. Sie waren kampfentschlossen und mit kurzen Polizeikarabinern ausgerüstet. Der Kriminalinspektor gab eine genaue Einweisung: »Bei unserem Mann handelt es sich um einen Berufsverbrecher. Er ist bewaffnet und gefährlich. Gehen Sie keinesfalls ein Risiko ein. Die Losung lautet ›Tot oder lebendig‹. Wir müssen damit rechnen, dass er Fluchttunnel angelegt und Sprengfallen vorbereitet hat. Also halten Sie hübsch brav die Augen offen. Während des Einsatzes sind Privatgespräche tabu. Halten Sie sich bedeckt. Außerdem herrscht absolutes Rauchverbot. Ich zähle auf Sie! Wenn einer Mist baut, wird er es bereuen. Alles klar?«

»Alles klar, Herr Kriminalinspektor«, lautete die Antwort wie aus einem Mund.

Das Haus von Georg Seepolt lag in einer ruhigen Wohngegend mit gepflegten Gärten. Am Straßenrand standen Bäume. Die Fahrbahn war gepflastert. Alles war sauber und ordentlich.

Von Angern postierte je zwei Mann an der Vorder- und an der Rückseite des Hauses Hasslinger Straße Nummer 11. Die Haustür war verschlossen. Es gab keine Namensschilder. Der Kommissar betätigte den Klingelzug. Irgendwo im Inneren des Gebäudes läutete eine Glocke. Ansonsten blieb es ruhig. Bärenzung schellte ein zweites und ein drittes Mal. Niemand öffnete.

Von Angern winkte einen bulligen Wachtmeister heran. Der Polizist trug einen stabilen Eisenstempel über der Schulter, nahm ihn nun herunter und ließ ihn mit großer Wucht gegen die Eingangstür in der Höhe des Schlosses krachen. Das war genau die Schwachstelle. Holz splitterte. Die Pforte flog auf. Zwei Schutzmänner rückten vor und sicherten.

Im Inneren des Hauses führte eine breite, gewundene Marmortreppe nach oben. Die Glastür zur unteren Wohnung war nur angelehnt. Alles wirkte hell und freundlich. Der Salon war riesig. An seiner Südseite schloss sich eine Terrasse zum Garten hin an. In einem bequemen Fauteuil saß ein einzelner Mann. Er war in eine Wolldecke gehüllt und schien die Frühlingssonne zu genießen. Das Parkett knackte und knarzte unter den genagelten Polizeistiefeln, aber der Mann reagierte nicht.

Von Angern trat näher an ihn heran. Die Dienstpistole hielt er schussbereit in der Hand. Er ging um den Sessel herum und sah dem Mann ins Gesicht. Es handelte sich um Georg Seepolt. Er schlief den ewigen Schlaf des Todes. Wie bei dem Essigfabrikanten prangte auch bei ihm mitten in der Stirn ein Loch. Es war nur viel größer. Der großkalibrige französische Armeerevolver, den der Verbrecher bei seinem Verhör erwähnt hatte, lag neben ihm am Boden.

Auf einem niedrigen Beistelltisch lag ein Zettel. Darauf stand in eleganter Schreibschrift: *Mein Leben hat seinen jeglichen Sinn verloren. Ich bereue meine Missetaten zutiefst und scheide freiwillig aus dieser Welt. G. S.*

»Da hat aber jemand einen seltsamen Sinn für Humor«, stellte der Kommissar fest.

»Doch nicht nur das. Darüber hinaus verfügt diese Person über eine außergewöhnliche Begabung. Ich halte es für eine Meisterleistung, einen Berufsverbrecher mit dessen eigener Waffe zu erschießen. Doch nun wollen wir die Wohnung gründlich auf den Kopf stellen. Obwohl ich kaum glaube, dass wir das braune Briefkuvert finden werden. Der unbekannte Schütze wird es sich geholt und anschließend reinen Tisch gemacht haben«, meinte von Angern.

»Aber wer hat den Abschiedsbrief verfasst? Georg Seepolt wohl kaum. Ebenso kann ich mir beim besten Willen nicht vorstellen, dass dies die Handschrift des Richters sein soll«, meinte der Kommissar.

»Ich kenne den Duktus des Richters. Seine Schreibweise ist das nicht. Es gibt einen weiteren Mitspieler. Von ihm konnte Simon Landshoff nur den Namen in Erfahrung bringen. Und dieser geheimnisvolle Grandseigneur will sich auf keinen Fall in die Karten schauen lassen.«

Eine Stunde lang stellten die Polizisten die Wohnung auf den Kopf. Sie entdeckten mehrere Geheimfächer im Sekretär, unter den Dielen im Salon und eines sogar hinter dem Medizinschränkchen im Bad. Die Verstecke enthielten jede Menge Banknoten, Goldmünzen, falsche Papiere und Waffen. Das mysteriöse Dokument befand sich nicht darin. Auch sonst ließ sich nichts finden, was irgendwie weitergeholfen hätte.

Der Kriminalinspektor schickte die Mannschaften zurück ins Präsidium. »Es geht jetzt auf zwei Uhr. Wir wollen den Richter nicht in seiner Mittagsruhe stören. Deshalb fahren wir vorab zur Essigfabrik in Lichtenberg«, meinte er zu Bärenzung. »Ich hoffe, dass in diesem Fall das Sprichwort stimmt: Sauer macht lustig.«

*

Das Fabrikgelände in der Ruschestraße wurde nördlich von einem Wasserturm und westlich von einem Straßenbahn-Hof begrenzt. Die Fachwerkvilla mit ihren gelben Berliner Backsteinen, den Türmchen, Erkern und Gauben harmonierte perfekt mit der Industriearchitektur der Werkhallen dahinter, war aber in dieser lauten und schmutzigen Gewerbegegend völlig fehl am Platze.

Im Pförtnerhäuschen am großen Blechtor saß ein Kriegsinvalide. Seine Krücke lehnte hinter ihm an der Wand. Louis von Angern sprach ihn an: »Guter Mann, gibt es hier auch eine Frau Kommerzienrätin von Kröchlendorf?«

»Nein, leider nicht. Der gnädige Herr ist schon vor Jahren Witwer geworden und hat nicht wieder geheiratet.«

»Kinder?«

»Nein, bedauerlicherweise ebenfalls nicht.«

»Wer trägt dann hier die Verantwortung?«

»Der Werkführer, Herr Oberingenieur Julius von Arnstedt.«

»Dann holen Sie den Mann her.«

»Ich weiß nicht, ob er gegenwärtig abkömmlich ist. Er muss die Produktion beaufsichtigen. Wir hatten unlängst einen Trauerfall. Auf dem Oberingenieur lastet die gesamte Verantwortung.«

Der Kriminalinspektor zeigte nun seine Marke vor. Der Pförtner nahm Haltung an und humpelte los. Nach fünf Minuten kehrte er in Begleitung eines Mannes von etwa vierzig Jahren zurück. Derselbige trug einen grauen Kittel, war rank und schlank und hatte ein Richelieu-Bärtchen. Aber auf seinem Gesicht lag ein Schatten. Offensichtlich machte er sich Sorgen um seine Zukunft.

Auf dem Weg zur Villa rückte er auch gleich mit seinem Problem heraus: »Die Zukunft der Fabrik ist äußerst ungewiss. Der alleinige Erbe ist ein entfernter Vetter, und der möchte sofort verkaufen, sobald das Testament Rechtskraft erlangt hat. Ich würde das Werk gerne übernehmen, aber es mangelt mir an dem nötigen Eigenkapital.«

Von Angern ging nicht darauf ein, sondern fragte: »Besitzen Sie einen Schlüssel zum Panzerschrank?«

»Er wurde mir nach dem Tod des Herrn Kommerzienrat von der Polizei übergeben. Ich habe den Panzerschrank geöffnet und das Testament dem Gericht ausgehändigt.«

»Wir suchen ein braunes Briefkuvert.«

»Das ist mir nicht aufgefallen.«

»Nun, dann wollen wir gemeinsam nachsehen«, schlug der Kriminalinspektor vor.

Der Firmenpanzerschrank im Arbeitszimmer war ein gewaltiges grünes Monstrum. Er stand auf einem Balkenständer aus massivem Eichenholz und wog mindestens zwei Zentner. An seiner Vorderseite befanden sich zwei Schlüssellöcher und eine Art Hebel oder Griff.

Julius von Arnstedt öffnete seinen Kittel und streifte ein stabiles Band über seinen Kopf. An ihm hingen zwei große gezackte und ein kleiner Schlüssel. Er führte die beiden großen Schlüssel ein, drehte sie nach rechts und nach links. Dann zog er an dem Griff. Der Tresor sprang auf. In seinem Inneren stapelten sich diverse Geschäftspapiere.

Das Fach enthielt außerdem jede Menge an Schuldverschreibungen und anderen Wertpapieren. Ein braunes Kuvert befand sich nicht darunter.

Von Angern nahm den gesamten Packen heraus, setzte sich an den Schreibtisch und sah sich jedes einzelne Blatt an. Er stieß auf nichts, was ihm hätte weiterhelfen können. »Sie sagten vorhin, Sie hätten nicht genügend Eigenkapital, um die Fabrik kaufen zu können. Weshalb haben Sie sich nicht bei den Anleihen und Effekten bedient? Sie hatten doch die Schlüsselgewalt?«, fragte der Kriminalinspektor den Werkführer.

Der Oberingenieur schüttelte sich, als ob er mit kaltem Wasser übergossen worden wäre. Die Antwort von Arnstedts war klar und deutlich: »Es wäre nicht recht gewesen und hätte im Endeffekt nur meiner Reputation geschadet.«

»Auf zur nächsten und letzten Station«, sagte von Angern zum Kommissar, als sie zurück zur Kutsche gingen. »Ich bin gespannt wie ein Flitzebogen, was der ehrenwerte Richter am Landgericht zu alldem zu sagen hat.«

*

Richter Emil von Frankenberg-Ludwigsdorf wusste reineweg gar nichts mehr zu avisieren und zu referieren. Völlig unerwartet hatte er das irdische Jammertal verlassen müssen und saß nun beim lieben Herrgott an dessen reich gedeckter Tafel. Ein plötzlicher Tod hatte den verdienten Juristen dahingerafft. Er war nur für sehr kurze Zeit in den Genuss seiner Pensionierung gekommen. Der geplante Kommentar zum Strafgesetzbuch würde nun für immer ungeschrieben bleiben.

Im Trauerhaus herrschte aus verständlichen Gründen helle Aufregung. Die Witwe hatte zur Beruhigung Laudanum genommen und lag nun in einem unruhigen Schlaf. Der älteste Sohn, Richard von Frankenberg-Ludwigsdorf, seines Zeichens Geheimer Finanzrat und Steueraufseher, führte einstweilen das Kommando in der Villa. Er hatte sich nicht umkleiden müssen. Seine schwarze Berufstracht passte auch zu diesem Anlass ganz perfekt. Er machte ein angemessen sauertöpfisches Gesicht und zeigte sich darüber hinaus wenig kooperativ. »Vielen Dank, meine Herren, dass Sie uns Ihre Aufwartung gemacht haben, aber nun muss ich mich leider entschuldigen. Das Haus steht Kopf, und ich bin der Einzige, der noch einen klaren Gedanken fassen kann.«

»Wir würden zuvor einen kurzen Blick auf den teuren Verblichenen werfen wollen, mein bester Geheimer Finanzrat«, erwiderte der Kriminalinspektor.

»Dazu werden Sie später bei der Aufbahrung noch genügend Gelegenheit haben. Mein Herr Vater ist noch nicht zurechtgemacht. Seine Physiognomie befindet sich in einem fürchterlichen Zustand, den ich Ihnen beim besten Willen nicht zumuten kann.«

»Es ist wohl wahr, dass ich mich in doppelter Eigenschaft an diesem Ort des Unglücks aufhalte, und zwar sowohl als ein enger Vertrauter Ihres Herrn Vater als auch in meiner Eigenschaft als Kriminalpolizist.« Von Angern wurde nun energischer. »Zu letzterem Behufe muss ich darauf dringen, sofort zu ihm vorgelassen zu werden.«

Richard von Frankenberg-Ludwigsdorf stellte sich weiterhin quer. »Für Nachforschungen jeglicher Art besteht nicht der geringste Anlass. Mein Herr Vater, Gott habe ihn selig, ist an einem Herzinfarkt eines natürlichen Todes gestorben. Unser Hausarzt, der Kreisphysikus Franz von Baudessin, hat zunächst Wiederbelebungsversuche unternommen – die leider vergeblich verliefen – und sodann den Leichnam gründlich untersucht. Es gibt nicht die geringsten Anzeichen, die auf einen unnatürlichen Tod hindeuten würden.«

Louis von Angern war mit seinen Nerven am Ende. Er packte den Geheimen Finanzrat am rechten Arm, führte ihn beiseite und flüsterte ihm einige Worte ins Ohr. Richard von Frankenberg-Ludwigsdorf begann unvermittelt wie Espenlaub zu zittern. Mit gebrochener Stimme sagte er: »Ich hatte keine Ahnung. Wie sollte ich auch? Mord und Erpressung. Das ist ja furchtbar. Ich bin nur ein kleines Licht. Bitte folgen Sie mir. Wir haben meinen Vater auf dem großen Esstisch im Speisezimmer aufgebahrt. Das Bett schien uns kein angemessener Ort zu sein.«

Das Gesicht des Richters war verzerrt. Dies Merkmal für sich genommen schien in der Tat auf einen Herzinfarkt hinzudeuten. Auch gab es keine sichtbaren äußeren Verletzungen. Der Kriminalinspektor beugte sich über den Toten, roch an dessen Lippen, richtete sich wieder auf und konstatierte: »Die Symptome sind eindeutig. Ihr Herr Vater wurde mit Blausäure, genauer gesagt mit Cyanwasserstoff, vergiftet. Seine Lippen haben den dafür typischen Marzipangeruch. Auch die roten Flecken in seinem Gesicht deuten darauf hin. Letztendlich wird erst eine gerichtsmedizinische Untersuchung Genaueres ergeben. Blausäure ist eines der heftigsten Gifte. Die tödliche Dosis beträgt lediglich 0,06 Gramm. Die gelbliche Flüssigkeit löst sich gut in Wasser auf.«

Richard von Frankenberg-Ludwigsdorf stieß einen leichten Schrei aus, ließ sich auf einen Stuhl fallen und schlug die Hände vor sein Gesicht.

»Hatte Ihr Vater heute kurz vor seinem Tod Besuch?«

»Verdammt noch mal, woher soll ich das denn wissen?«, kreischte der Geheime Finanzrat weibisch. Jetzt war auch er offensichtlich mit seinen Nerven am Ende. »Ich wurde erst gerufen, als alles zu spät war. Die Hausdame könnte sicherlich mehr dazu sagen. Sie heißt Fräulein Cosima Depaubourg und dürfte momentan in der Küche zu finden sein.«

Von Angern nickte dem Kommissar zu. Der verließ das Speisezimmer und kehrte kurz darauf in Begleitung einer dürren Bohnenstange unbestimmbaren Alters zurück, die einen verdrießlichen Eindruck machte.

»Fräulein Depaubourg, diese beiden Herren sind von der Kriminalpolizei und wollen Ihnen jetzt einige Fragen stellen. Bitte beantworten Sie diese nach bestem Wissen und Gewissen«, instruierte Richard von Frankenberg-Ludwigsdorf die Hausdame.

»Ich will mich bemühen«, sagte sie. Ihr Gesichtsausdruck wurde noch sauertöpfischer.

»Hat der Richter heute kurz vor seinem Tod Besuch empfangen?«

»Sehr wohl, und zwar im Wintergarten. Der fremde Herr traf

um Punkt drei Uhr neuer Zeit ein, also nicht nach der alten Berliner Zeit.«

»Kannten Sie ihn?«

»Ich habe ihn nicht gesehen. Er kam durch die hintere Gartenpforte und ist auf demselben Weg wieder gegangen. Der gnädige Herr hat ihm persönlich geöffnet.«

»Wer hat den Toten entdeckt?«

»Hete, das Dienstmädchen. Hete ist ihr Rufname. Richtig heißt sie Hedwig Ladegast. Sie fand den gnädigen Herren entseelt vor, als sie das Geschirr abräumen wollte.«

»Könnte sie den Besucher beschreiben?«

»Wohl kaum. Sie hat ihn auch nicht wahrgenommen. Der gnädige Herr hat Kaffee und Kognak bestellt, bevor der Gast eingetroffen ist.«

»Wurde auch Wasser getrunken?«

»Selbstverständlich. Zu einer Tasse Kaffee gehört in diesem Hause immer ein Glas Wasser mit dazu.«

*

Fontane war hocherfreut, als er die Geschichte vom Anfang bis zum Ende gehört hatte. Er sprang aus seinem Sessel auf und klatschte in die Hände. »Ausgezeichnet, ganz ausgezeichnet«, rief er. »Die Nebel beginnen sich zu lichten. Gratuliere, bald haben wir den Fall gelöst.«

»Wie kommen Sie denn darauf? Wir stehen doch noch genauso dumm da wie am Anfang. Es hat jede Menge Morde gegeben, die wir nicht verhindern konnten. Das Motiv ist völlig im Dunkeln geblieben. Alle Fährten enden im Nichts, und sämtliche Leute, die etwas gewusst haben könnten, sind mausetot. Sie alle haben ihr Wissen mit ins Grab genommen.«

»Mein lieber von Angern, erinnern Sie sich an den englischen

Detektiv, von dem ich Ihnen berichtet habe? Sein Credo lautet: ›Sehen heißt beobachten, beobachten heißt analysieren.‹ Und Sie, mein lieber Freund, sehen nur, aber Sie beobachten nicht. Vom Analysieren ganz zu schweigen.«

»Was zum Teufel soll das denn nun schon wieder heißen?«

»Sie sagen, wir würden das Motiv nicht kennen. Aber das stimmt nicht. Wir kennen es ziemlich genau.«

Von Angern schüttelte den Kopf. »Es tut mir leid. Aber da kann ich Ihnen beim besten Willen nicht folgen.«

»Weil Sie, wie ich bereits sagte, sich permanent weigern zu analysieren. Wir müssen die Ausschlussmethode anwenden, so einfach ist das. Erste Frage: Welches ist das häufigste Mordmotiv?«

»Eifersucht.«

»Was folgt?«

»Geldgier.«

»Genau. Und was kommt an dritter Stelle?«

»Hass.«

»Im vorliegenden Fall – und es ist nur ein einziger Fall, auch wenn es bislang vier Morde gegeben hat …«

»Entschuldigen Sie bitte, wenn ich Sie unterbreche«, warf der Kriminalinspektor ein, »ich kann nur drei zählen: den Mord am Fabrikbesitzer, den Mord am Verbrecher und den Mord am Richter.«

»Sie haben den Mord an der Prostituierten vergessen. Er war der Auslöser. Anschließend wurde vor unseren Augen ein Schauspiel aufgeführt. Der Vorhang ist gefallen, und alle sollen nun ruhig und friedlich nach Hause gehen. Aber ganz genau das werden wir nicht tun. Wir wollen noch einen Blick hinter die Kulissen werfen.«

»So ähnlich hat sich mein Kommissar auch ausgedrückt. Er sprach von einem Zauberkunststück.«

»Er hat vollkommen recht, der Mann. Doch nun zurück zum

Thema. Simon Landshoff hatte im Panzerschrank des Essigfabrikanten etwas gefunden, womit er vermutlich von Frankenberg-Ludwigsdorf erpressen konnte. Die erste Reaktion des Richters war völlig normal, er hat sich an Sie gewandt und die Polizei um Hilfe gebeten. Aber er hat auch Leopold Altmann-Babzien informiert. Dieser große Unbekannte wusste Rat. Deshalb hat der Richter Ihnen gegenüber einen Rückzieher gemacht. Doch durch den Mord an der Prostituierten und die Verhaftung des Erpressers begann die Sache gar mächtig aus dem Ruder zu laufen. Leopold Altmann-Babzien musste improvisieren. Ständig hing ein Damoklesschwert über seinem Kopf.

Oscar von Kröchlendorf hatte gepatzt. Deshalb musste er sterben. Nachdem auch der Erpresser Simon Landshoff tot war, blieben noch zwei Mitwisser übrig: der Richter und Georg Seepolt. Das war ihr Todesurteil. Leopold Altmann-Babzien hatte Oscar von Kröchlendorf vertraut. Diesen Fehler wollte er nicht an anderer Stelle wiederholen.«

Von Angern nickte zustimmend. »Das klingt alles recht plausibel. Doch was ist mit dem Motiv?«

»Landshoff war gierig, das stimmt. Aber er ist nur der Katalysator gewesen. Ohne ihn würden der Richter noch heute seine Kommentare schreiben, der Kommerzienrat weiter Essig produzieren und der Verbrecher Leute umbringen. Die eigentliche Ursache ist etwas ganz anderes, dessen Wurzeln tief in der Vergangenheit ruhen. Die Sache liegt sehr weit zurück. Aber Leopold Altmann-Babzien muss schon damals ein gefährlicher Bursche gewesen sein. Oscar von Kröchlendorf hat ihm nicht über den Weg getraut. Seine Lebensversicherung waren die wichtigen Papiere, die tief in seinem Panzerschrank ruhten. Als sie ihm gestohlen wurden, war die Police abgelaufen. Demzufolge muss es ein verbindendes Element zwischen ihm, dem Richter und dem uns nur namentlich bekannten Leopold Altmann-Babzien geben. Beginnen Sie zu graben, finden Sie es heraus – und Sie haben den Mörder erwischt. So einfach ist das.«

»Aber wo soll ich beginnen? Der Name Leopold Altmann-Babzien ist in nicht einer unserer Karteien zu finden. Er steht auf keiner Fahndungsliste und noch nicht einmal im Berliner Adressbuch.«

»Das ist ein weiteres Indiz dafür, dass die Wurzeln weit in die Vergangenheit reichen. Simon Landshoff war ein Trottel. Deshalb ist er weder dem großen Unbekannten auf die Schliche gekommen noch hat er kapiert, dass er die Zündschnur an ein Pulverfass hielt und sich selbst in die Luft sprengen würde. Sie hingegen sind intelligent und darüber hinaus erfahren. Finden Sie heraus, welche Verbindungen zwischen Emil von Frankenberg-Ludwigsdorf und Oscar von Kröchlendorf bestanden, und Sie werden zwangsläufig auf Leopold Altmann-Babzien stoßen. Aber seien Sie bitte auf der Hut, mein lieber von Angern, der Bursche ist sehr erfinderisch, wenn es darum geht, andere Leute ins Jenseits zu befördern. Und er kennt keine Skrupel.«

7. Reise in die Vergangenheit

Das Hauptgewicht freilich ist auf die Bedeutung zu legen, die die Schule selbst, als geistiger Mittelpunkt einer ganz bestimmten Lokalität, aus dieser Sammlung gewinnt.
Theodor Fontane,
Wanderungen durch die Mark Brandenburg

BERLIN, 10. APRIL 1893

Von Angern hatte sich Kommissar Paul Bärenzung als Reisegenossen ausgewählt. Allein wollte er die weite Fahrt auf keinen Fall antreten. Lieber hätte er natürlich Theodor Fontane an seiner Seite gehabt, aber dem Dichter waren vom Hausarzt Ausflüge jeglicher Art streng verboten worden.

Die Expedition begann am Montag zu nachtschlafender Zeit um sechs Uhr in der Frühe. Ausgangspunkt war der Schlesische Bahnhof an der Koppenstraße. Früher einmal hatte er Frankfurter Bahnhof geheißen. Die Zugverbindungen endeten inzwischen jedoch nicht mehr in Frankfurt an der Oder, sondern führten weit darüber hinaus bis nach Schlesien (daher der neue Name), Pommern, West- sowie Ostpreußen und sogar bis nach Sankt Petersburg in Russland.

Das gesamte Viertel südlich der Frankfurter Allee war wegen seiner zahlreichen Freudenhäuser und billigen Absteigen übel beleumundet, aber das Bahnhofsgebäude selbst befand sich in einem tadellosen und sauberen Zustand. Auch der Eisenbahnzug machte einen ordentlichen Eindruck.

Die Fahrt sollte nach Gumbinnen führen. Das war eine siebenhundertzwanzig Kilometer lange Strecke. Expresszüge mit einer kräftigen Dampflokomotive an der Spitze legten eine solche Entfernung in zehn bis zwölf Stunden zurück. Aber auf der Reise an das hintere Ende Ostpreußens gab es zahlreiche Haltepunkte: Küstrin, Landsberg, Schönlanke, Krojanke, Konitz, Dirschau, Elbing, Königsberg, Pregel, Wehlau und Insterburg hießen einige davon. Die vielen Aufenthalte unterwegs, bei denen auch noch die Anschlusszüge in und aus anderen Richtungen abgepasst und Kurswagen an- bzw. abgekoppelt werden mussten, kosteten Zeit. Hinzu kam eine längere Pause, bei der neue Kohlevorräte im Tender gebunkert und die Wasserreservoirs aufgefüllt wurden. Deshalb wies der Fahrplan erst den kommenden Tag um sieben Uhr am Morgen als die planmäßige Ankunftszeit aus. Ohnehin war eine Fahrt nach Ostpreußen wie eine Reise in eine andere Welt. In seiner gesamten Entwicklung lag der dünn besiedelte Landstrich mehrere Jahrzehnte hinter dem übrigen Reichsgebiet zurück. Die Leute waren arm, und es gab wenig Industrie.

Die beiden Polizisten reisten erster Klasse. Sie wählten das mittlere Abteil, verstauten ihr Gepäck und setzten sich auf die Fensterplätze gegenüber. Der Bahnhofsvorsteher hob die Kelle und pfiff, der Lokomotivführer erwiderte das Signal, und die Fahrt begann.

Von Angern war für die lange Reise bestens gerüstet. Therese hatte ihm einen Deckelkorb bis zum Rand mit Würsten, hart gekochten Eiern, Äpfeln, Zwiebeln, einer Emaillekanne mit Kaffee und einem Laib Weißbrot vollgepackt. Darüber hinaus führte er ein Etui mit exzellenten Zigarren sowie seine alte, von einer Lederhülle geschützte Feldflasche aus Aluminium bei sich, die schon in der Schlacht bei Weißenburg mit dabei gewesen war. Diesmal enthielt sie allerdings kein Quellwasser, sondern einen Viertelliter einwandfreien Kognak.

Der Kommissar konnte auch einige gute Dinge für das leibliche Wohl beisteuern: Er hatte ein Gläschen grobe Leberwurst, gesalzene Butter in einem gewässerten Keramikkrug, ein Bündel knochentrockener Stockfische, ein viereckiges Kommissbrot und einen gut verschlossenen Glaskrug mit Limonade mitgebracht.

Nachdem sie sich gegenseitig ihre Schätze gezeigt hatten, wollte von Angern wissen: »Was fangen wir mit dem Stockfisch an? Wo sollen wir ihn quellen lassen?«

»Das wird nicht nötig sein«, antwortete der Kommissar. »Nach Art der Norweger mit Butter eingestrichen schmeckt er ganz hervorragend. Aber wieso gibt es in diesem Zug keinen Schlafwagen? Wir werden morgen wie gerädert sein.«

»Ostpreußen ist eine arme Gegend. Die Bauern können sich keine teuren Billetts leisten. Wir müssen schon froh sein, dass es einen Waggon erster Klasse gibt und wir nicht wie das übrige Volk mit der Holzklasse vorliebnehmen müssen.«

Der Kommissar war noch nicht restlos in die Pläne eingeweiht worden. Deshalb fragte er nach: »Was führt uns bis ans Ende der Welt? Wie sind Sie auf dieses Kaff Gumbinnen gekommen?«

»Ich habe lange nach einer Verbindung zwischen Kommerzienrat Oscar von Kröchlendorf und Richter Emil von Frankenberg-Ludwigsdorf gesucht. In ihrer frühen Kindheit und Jugend habe ich sie schließlich gefunden. Von Kröchlendorf stammt aus Gumbinnen, und der Richter aus der Ortschaft Kulligkehmen.«

»Mir sagt weder der eine noch der andere Name etwas. Worin besteht da der Berührungspunkt?«

»Ganz einfach: Kulligkehmen gehört zum Regierungsbezirk Gumbinnen. Das kann kein Zufall sein.«

*

Morgens bei der Ankunft in Gumbinnen reckte sich von Angern und ließ die Gelenke knacken. Er stieg aus und winkte nach einem Dienstmann. »Welches ist das beste Haus am Platze?«

»Das Hotel *Zur Eintracht* am Markt, direkt gegenüber vom Standbild Königs Friedrich Wilhelm des I., Euer Hochwohlgeboren.«

»Dann schaff Er unser Gepäck dorthin.«

»Sehr wohl, Euer Hochwohlgeboren, es wird mir eine Ehre sein.«

Der Weg zur Unterkunft war nicht weit. Außerdem regnete es nicht. Deshalb konnten sie auf eine Droschke verzichten. Der Dienstmann mit seiner Schiebekarre eilte wie ein Wiesel voran. Das Hotel war zweistöckig, gelb verputzt und von Rosen umrankt. Es machte einen schlichten Eindruck, aber in der blitzblank gebohnerten Halle roch es angenehm nach frisch gebrühtem Bohnenkaffee.

Von Angern orderte zwei Einzelzimmer, nahm zunächst ein heißes Bad, rasierte sich und traf sich dann mit Paul Bärenzung beim Frühstück. Der Kaffee war so gut, wie es der Duft versprochen hatte. Der Kriminalinspektor blätterte im *Gumbinner Boten*, der örtlichen Tageszeitung. Dann las er laut vor: »Seine Majestät, der König von Preußen, hat allergnädigst geruht, den Landrichter Vissering, Karl, zum Regierungsrat zu ernennen. Der bisherige Oberlehrer am Königlichen Friedrichs-Gymnasium Dr. Rudenick, Max, ist zum Kreisschulinspektor befördert worden.«

»Was haben wir von diesen Informationen?«, wollte Paul Bärenzung wissen. »Ich kenne weder den einen noch den anderen.«

»Ich auch nicht. Aber es kann nie schaden, mit den örtlichen Gegebenheiten vertraut zu sein. Hier, noch eine interessante Meldung: ›Jede Erkrankung und jeder Todesfall an Cholera (asiatischer), Fleckfieber (Flecktyphus), Gelbfieber, Pest (orientalischer

Beulenpest), Pocken (Blattern) sowie jeder Fall, welcher den Verdacht einer dieser Krankheiten erweckt, ist der Polizeibehörde zur Anzeige zu bringen.‹ Offensichtlich sind wir hier näher an Asien herangekommen, als uns lieb sein kann. So, das Frühstück hat gemundet, wir können aufbrechen.«

Von Angern erkundigte sich beim Hotelportier nach dem Weg zum Friedrichs-Gymnasium. Es war nicht weit. Drei Querstraßen weiter sahen sie bereits das Schulgebäude aus dem Jahr 1763, das aus grauen Quadern zusammengefügt war und mit seinen Spitzbögen und Wandelgängen wie ein mittelalterliches Kloster wirkte.

Der Pedell hieß Gustav Madeheim, war etwa fünfzig Jahre alt und klein und schmächtig. Er wirkte in seinem grauen Kittel und mit seinem schmalen, langgestreckten Kopf wie ein Frettchen. »Womit kann ich den Herrschaften dienen?«, fragte er. Seine unfreundliche Stimme strafte die Worte Lügen.

»Verwalten Sie das Schularchiv?«

»Sehr wohl, mein Herr.«

»Wir sind auf der Suche nach mehreren Schülern des Jahrgangs 1830, die um das Jahr 1848 hier an diesem Gymnasium ihre Reifeprüfungen abgelegt haben dürften. Kurzum, wir möchten Einblick in die Namensverzeichnisse und Zeugnisabschriften aus dieser Zeit nehmen.«

»Das ist leider nicht möglich, mein Herr.«

»Weshalb nicht?«, wollte von Angern wissen.

»Ad eins: Weil das Schularchiv hier im Hause nur bis zum Jahr 1870 zurückreicht.«

»Nun denn, und wo lagern die älteren Unterlagen?«

»Im Magazinturm.«

»Aha. Wo befindet sich dieser?«

»Auf der anderen Straßenseite.«

»Besitzen Sie einen Schlüssel?«

»Sehr wohl, der Herr.«

Von Angern war noch immer die Ruhe selbst. »Dann führen Sie uns bitte hinüber und sperren die Tür für uns auf.«

»Das geht leider nicht, mein Herr.«

»Weshalb nicht?«

»Ad zwei: Das historische Archiv unterliegt einem besonderen Schutz. Es darf nur aus wissenschaftlichem Interesse und mit behördlicher Genehmigung betreten werden.«

»Beides liegt bei mir vor.« Von Angern holte seine Dienstmarke hervor und zeigte sie dem Pedell. »Ich bin königlich-preußischer Kriminalinspektor und fordere Sie nun auf, uns Zugang zu besagtem Turmarchiv zu verschaffen.«

»Zum Turm kann ich Sie bringen, aber nicht hineinlassen. Sie mögen zwar ein Kriminalpolizist in Berlin sein, aber hier in Ostpreußen besitzen Sie keinerlei Befugnisse. Ostpreußen bildet seit dem Jahr 1878 eine eigene Provinz und besitzt damit eine eigene Hoheit. Berlin hingegen gehört zur Provinz Brandenburg.«

Louis von Angern musste tief Luft holen, um nicht vor Wut zu platzen. Dann sagte er mit ganz leiser Stimme: »Höre Er mir gut zu. Wenn Er nicht unverzüglich den Schlüssel herbeischafft und uns die Tür zum Archiv aufsperrt, werde ich eine Beschwerde über Ihn beim neuen Kreisschulinspektor und bisherigen Oberlehrer am Königlichen Friedrichs-Gymnasium Dr. Max Rudenick einreichen und Seine sofortige Entlassung aus dem Dienst einfordern. Mein alter Freund Dr. Rudenick ist mir noch einen Gefallen schuldig und wird mir deshalb diesen kleinen Dienst gern erweisen. Der nächste Gang wird mich zum hiesigen Amtsgericht führen. Dort werde ich meinen Oheim, den ehrenwerten Herrn Landrichter und Regierungsrat Karl Vissering, damit beauftragen, Ihn wegen Widerstands gegen die Staatsgewalt verhaften zu lassen. Wie ich hörte, sind in Bayern noch hunderttausend Hektar Moorland nutzbar zu machen. Das wird eine interessante Aufgabe für Ihn werden. Ich zähle nun bis drei. Eins, zwei …«

Das Archiv machte einen akkurat Eindruck, aber das Ordnungssystem der vielfarbigen Aktenschwänze war für einen Laien nur schwer zu verstehen. Selbst der Pedell konnte da nicht weiterhelfen. »Ich habe diese Urkundensammlung nicht angelegt und eigentlich noch nie etwas damit zu tun gehabt. Kein Mensch interessiert sich dafür. Meine Aufgabe besteht lediglich darin, für Sauberkeit zu sorgen. Ich muss hin und wieder den Staub und die Spinnweben wegfegen, Rattenköder auslegen und auf eine ausreichende Durchlüftung achten. Doch in dem modernen Archiv im Gymnasium bin ich ein Meister meines Fachs, das müssen Sie mir glauben. Sie können mich gerne auf die Probe stellen.«

Nach zwei Stunden intensiver Suche hatten die beiden Kriminalbeamten endlich einen Teil dessen gefunden, was sie gesucht hatten: das Namensverzeichnis der Sexta aus dem Jahr 1839. Dort fanden sich tatsächlich die drei gesuchten Personen: Leopold Altmann-Babzien, Emil von Frankenberg-Ludwigsdorf und Oscar von Kröchlendorf. Die Namen tauchten gleichfalls in der Quinta, der Quarta, der Untertertia, der Obertertia, der Untersekunda, der Obersekunda und der Unterprima auf.

Dann gab es einen plötzlichen Bruch: Am Ende der Oberprima war nur von Kröchlendorf zur Reifeprüfung zugelassen worden. Hinter den beiden anderen Namen stand mit dicker roter Tinte: *REL*.

»Was bedeutet das?«, erkundigte sich von Angern beim Pedell, obwohl er die Abkürzung zu deuten wusste. Er wollte lediglich eine Bestätigung hören.

Gustav Madenheim überlegte einen Augenblick, ob diese Frage tatsächlich ernstgemeint war. Dann entschied er sich aber wohlweislich doch dafür, sie zu beantworten: »›REL‹ ist die Abkürzung von ›relegiert‹. Die beiden sind vom Gymnasium geflogen.«

»Und weshalb?«

»Keine Ahnung. Es muss aber ein äußerst ernster Vorfall gewesen sein. Während meiner gesamten Dienstzeit, also in den letzten zwanzig Jahren, ist so etwas nicht ein einziges Mal vorgekommen. Es hat zwar einige Fälle gegeben, wo die Schulentlassung angedroht wurde. Sie wurde jedoch nie vollzogen.«

»Wer kann etwas darüber wissen? Sind noch Lehrer aus dieser Zeit an diesem Gymnasium tätig?«

»Nein, mein Herr, kein einziger. Die meisten sind auch schon längst gestorben. Der einzige Name, der mir einfällt, ist der des klassischen Philologen Dr. phil. Eugen Germershausen. Er hat hier in den dreißiger Jahren als Hilfslehrer angefangen und es bis zum Direktor gebracht. Im Jahr 1880 ist er in den Ruhestand getreten. Meines Wissens lebt er noch. Etwas Gegenteiliges ist mir jedenfalls nicht zu Ohren gekommen.«

»Wo finden wir den Mann?«

»Er ist verwitwet und zu seiner Tochter nach Thorn gezogen.«

»Wo zum Teufel liegt Thorn?«

»Das ist eine Stadt an der Weichsel im Regierungsbezirk Marienwerder mit über dreißigtausend Einwohnern. Sie befindet sich am äußersten Zipfel von Westpreußen und grenzt sowohl an Posen als auch an Polen. Es gibt eine direkte Zugverbindung. Die Fahrt dauert höchstens fünf Stunden.«

»Wo wohnt dieser Dr. Germershausen in Thorn?«

»In der Heuwagengasse 5, genau gegenüber von der Johanniskirche, wo sich die Grabstelle des berühmten Astronomen Nikolaus Kopernikus befindet. Vielleicht kennen nicht alle Einheimischen die Heuwagengasse, aber den Weg zur Johanniskirche weiß wirklich jeder.«

Der nächste Zug nach Thorn ging erst am nächsten Morgen. Von Angern und der Kommissar saßen abends noch in der Wirtsstube des Hotels und besprachen beim Bier die Ergebnisse ihrer Nachforschungen.

»Altmann-Babzien und von Frankenberg-Ludwigsdorf haben

etwas sehr Schlimmes angestellt, und von Kröchlendorf wusste davon. Hoffentlich kann uns dieser Dr. Germershausen weiterhelfen, sonst sind wir mit unserem Latein bald am Ende«, meinte der Kommissar.

»Ich habe ein gutes Gefühl bei der Sache. Ich denke, wir stehen kurz vor dem Ziel«, antwortete ihm von Angern.

*

Gegen die Mittagsstunde des 12. April kamen die beiden Kriminalbeamten in Thorn an. Ihr Gepäck ließen sie zunächst am Bahnhof zurück. Ein Nachtzug nach Berlin war im Fahrplan für abends um elf Uhr avisiert. Da außer dem Gespräch mit dem alten Lehrer nichts weiter auf dem Programm stand, gingen sie davon aus, rechtzeitig vor der Abfahrt des Zuges am Bahnhof zu sein.

Wie der Pedell vorausgesagt hatte, war die Heuwagengasse leicht zu finden. Bei dem Haus Nummer 5 handelte es sich um ein gepflegtes Fachwerkhaus mit großem Balkon und vielfältigen Schnitzereien am Giebel. Ein Hausmädchen mit Häubchen und Schürze öffnete.

Von Angern trug ihr Anliegen vor.

»Ich muss erst die gnädige Frau fragen, ob ein Gespräch mit ihrem Herrn Vater möglich ist. Der alte Herr ist nämlich gestern gestürzt und liegt jetzt mit großen Schmerzen danieder. Wenn Sie bitte so lange im Empfangsraum warten möchten. Ich bin gleich zurück.«

Kurz darauf erschien eine ältere, grauhaarige Frau und sagte: »Ich bin Ulrike Germershausen. Trine hat mir Ihr Begehr vorgetragen. Ich muss leider ablehnen. Meinem Herrn Vater geht es sehr schlecht. Er hat große Schmerzen.«

Von Angern zeigte seine Polizeimarke vor und erwiderte: »Es tut mir leid, aber wir müssen auf diesem Gespräch bestehen.«

Frau Germershausen rümpfte verärgert die Nase. »Von mir aus. Aber nur fünf Minuten.«

Dr. Germershausen war ein rüstiger Greis von Anfang neunzig. Er saß in der guten Stube in einem Lehnstuhl. Sein rechtes Bein war dick bandagiert und lag auf einem Schemel. Trotzdem ging es ihm offensichtlich weitaus besser, als seine Tochter hatte glauben machen wollen.

»Herein, wenn's kein Schneider ist«, sagte der ehemalige Lehrer. »Besuch ist mir immer willkommen. Früher habe ich sehr viel gelesen. Aber nun lässt mein Augenlicht stark nach, und ich muss meine Lektüre auf eine Stunde am Tag beschränken. Da kommt mir jede andere Form der Abwechslung gerade recht.«

»Darf ich den Herren etwas zu trinken anbieten?«, fragte seine Tochter, bereits wesentlich milder gestimmt.

»Kaffee wäre sehr gut«, antwortete ihr der Kriminalinspektor. Dann fragte er den alten Mann: »Haben Sie sich das Bein gebrochen?«

»Nein, zum Glück nicht. Es scheint nur geprellt zu sein. Mich plagte die Angst, mir wäre die Hüfte geborsten. In meinem Alter wäre dies das Todesurteil für mich gewesen.«

»Was ist passiert?«, hakte von Angern nach.

»Gestern war ich auf der Promenade an der Stadtmauer unterwegs. Ich absolviere dort meinen täglichen Spaziergang, sofern es die Witterung zulässt. Plötzlich kam ein Einspänner auf mich zugerast. Offensichtlich war dem Kutscher das Pferd durchgegangen. Jedenfalls hat er wie wild mit der Peitsche auf das arme Tier eingeprügelt. Das war völlig falsch, wenn Sie mich fragen. Er hätte stattdessen die Zügel fest greifen, die Bremse anziehen und beruhigend auf das Pferd einreden müssen. Ich konnte gerade noch im letzten Moment beiseite springen. Aber ich bin kein junger Bursche mehr. Ich kam ins Straucheln und fiel zu Boden. Menschen im hohen Alter leiden häufig an exzentrischer Knochenatrophie. Da reicht schon ein kleiner Buff, und *knacks!*, brechen die morschen Gebeine wie trockene Späne.«

»Hat Sie der Kutscher anschließend nach Hause gebracht?«

»Nein, der hatte voll und ganz mit sich zu tun. Deshalb muss ihm dieser kleine Zwischenfall völlig entgangen sein. Woher ich das weiß? Ganz einfach, ich konnte noch sehen, wie das Pferd am Ende der Allee in normalen Trab gefallen ist. Trotzdem hat der Einspänner weder gehalten noch gewendet. Wildfremde Menschen haben mir hochgeholfen. Doch nun genug über mich geschwatzt. Womit kann ich Ihnen dienen?«

Von Angern wartete ab, bis das Dienstmädchen den Kaffee serviert und sich wieder entfernt hatte. Dann sagte er: »Können Sie sich noch an das Jahr 1848 erinnern? Damals sind Sie Lehrer am Friedrichs-Gymnasium in Gumbinnen gewesen. Es hat einen Zwischenfall gegeben, in dessen Folge zwei Schüler relegiert und nicht zur Reifeprüfung zugelassen wurden. Können Sie uns sagen, was damals passiert ist?«

»Lassen Sie mich einen Augenblick nachdenken«, erwiderte Dr. Germershausen, lehnte sich zurück, schloss beide Augen und massierte mit seinen knochigen Zeigefingern die von Altersflecken übersäten Schläfen.

Von Angern und der Kommissar schauten sich verdutzt an.

Fünf Minuten vergingen. Der Greis ließ seine Hände sinken und begann tief ein- und auszuatmen. Plötzlich riss er beide Augen auf und sprach: »Nun steht mir alles klar vor Augen. Die Autosuggestion ist ein probates Mittel, um in vergangene Zeiten zu reisen. Damals gab es eine Schülerverbindung. Sie bestand seit der Gründung des Gymnasiums und hieß *Iustorum*, was so viel wie *Die Gerechten* bedeutet. Die Mitgliedschaft blieb ein Leben lang bestehen. Das Erkennungszeichen war ein Siegelring mit zwei gekreuzten Jagdgewehren, denn ›gerecht‹ heißt ein Jäger, der sein Waidwerk gründlich versteht.«

Von Angern trank einen Schluck Kaffee. Er war heiß und schwarz, aber das Kaffeepulver bestand in seiner Grundsubstanz offensichtlich aus gerösteten und gemahlenen Eicheln.

Der ehemalige Lehrer setzte fort: »Jeder Eleve hatte vor seiner Aufnahme eine Mutprobe zu bestehen. Im Jahr 1848 waren die Präsiden zwei Schüler, die sich beide durch eine außerordentliche Hinterlist und Grausamkeit auszeichneten. Sie hoben den Aufnahmeritus auf eine neue Stufe. Die Zeiten, wo lebenden Mäusen die Köpfe abgebissen werden mussten, waren vorbei. Ein Tertianer ist bei einer diesen Mutprobe elendiglich ums Leben gekommen. Er musste von einer überhängenden Eiche in ein Sumpfloch springen und brach sich den Hals dabei.«

»Gab es ein Gerichtsverfahren?«

»Nein, natürlich nicht. Offiziell hieß es, der Todesfall sei das Resultat des jugendlichen Übermuts des Schülers gewesen. Weil der Vorfall sich außerhalb der Unterrichtsstunden ereignet habe, trage die Lehranstalt keinerlei Verantwortung. Es gab jedoch eine interne Untersuchung. In ihrem Ergebnis wurden die beiden Präsiden relegiert und die Verbindung *Iustorum* am Gymnasium ein für alle Mal verboten. Allerdings besteht sie unter den ehemaligen Schülern immer noch fort. Genauere Einzelheiten entziehen sich gleichwohl meiner Kenntnis. Auch ist mir im Laufe der vielen Jahre entfallen, wie diese beiden Schüler hießen.«

Von Angern hakte ein: »Sagen Ihnen die Namen Leopold Altmann-Babzien, Emil von Frankenberg-Ludwigsdorf und Oscar von Kröchlendorf etwas?«

Der alte Mann überlegte einen Moment, dann meinte er: »Von Kröchlendorf ist klar. Das war der Sohn des damaligen Direktors Luzius von Kröchlendorf. Von Frankenberg-Ludwigsdorf ist, so glaube ich jedenfalls, einer der beiden Anführer gewesen, und zwar der gemäßigtere von beiden.

Altmann-Babzien hingegen war ein Scheusal, ein echter Widerling. Er stammte aus ganz einfachen Verhältnissen. Der Junge litt deshalb unter einem ungeheuren Geltungsdrang. Er war über eines dieser seltenen Stipendien für außergewöhnlich gute schulische Leistungen an das Gymnasium gekommen. Seine Vater musste sich als Knecht verdingen, und seine Mutter hat als Magd gearbeitet. Die Familie wohnte im Gesindehaus des Gutes Drücklershöfchen bei Kulligkehmen.«

»Ha«, rief von Angern aus, »in Kulligkehmen hat von Frankenberg-Ludwigsdorf seine Kindheit verbracht. Jetzt schließt sich der Kreis. Aber es bleiben noch einige Fragen offen. Vielleicht wissen Sie auch darauf eine Antwort.«

»Versprechen kann ich Ihnen nichts. Lassen Sie es einfach darauf ankommen.«

»Emil von Frankenberg-Ludwigsdorf wurde vom Gymnasium relegiert. Trotzdem ist er Richter am Landgericht geworden. Dazu muss er Jurisprudenz studiert haben. Wie konnte er ohne höhere Reife die Zulassung an einer deutschen Universität erlangen?«

»Da kann ich nur raten. Der einfachste und leichteste Weg war sicherlich, dass er die Zeugnisse gefälscht hat.«

»Aber wie hätte er das anstellen wollen?«

»Er war mit Oscar von Kröchlendorf befreundet. Es sollte mich sehr wundern, wenn dieses vigilante Bürschchen keinen Zugang zum Panzerschrank seines Vaters gehabt hätte. Der Junge konnte dem Tresor so viele Blanko-Aktenstücke entnehmen, wie er wollte, sie ausfüllen und siegeln. Im Nachhinein hätten diese Urkunden jeder Echtheitsprüfung standgehalten.«

»Aber alle Leute in Gumbinnen wussten doch, dass von Frankenberg-Ludwigsdorf relegiert worden war. Es hätte doch sofort auffallen müssen, wenn er trotzdem Student an einer Universität geworden wäre.«

»Wie kommen Sie denn darauf? Wem hätte das auffallen sollen? Der Vorfall mit dem toten Schüler war aus begreiflichen

Gründen so diskret wie möglich behandelt worden. Das Verbot der *Gerechten* erfolgte klammheimlich. Kein Mensch, und schon gar nicht die Betroffenen selbst, hatte das geringste Interesse daran, die Sache an die große Glocke zu hängen.«

»Aber es kursierten doch zumindest Gerüchte unter den Mitschülern, und die Lehrerschaft wird wohl Bescheid gewusst haben?«

»Wissen Sie, mein lieber Herr, das Gedächtnis der Menschen arbeitet sehr selektiv. Die meisten verdrängen unangenehme Erlebnisse so schnell wie möglich. Außerdem war es für von Frankenberg-Ludwigsdorf überhaupt kein Problem, sich eine plausible Legende einfallen zu lassen. Zum Beispiel hätte er auf Nachfrage erzählen können, dass die Relegation durch das preußische Kultusministerium wieder aufgehoben wurde. Wer wollte das überprüfen? Kein Mensch.«

Von Angern seufzte und wurde philosophisch: »Erschwerend kommt hinzu, dass Gumbinnen nicht gerade der Nabel der Welt ist. In Brandenburg singen ganz andere Vögel als in Ostpreußen.«

»Wohl wahr, wohl wahr.«

»Wissen Sie noch etwas über diesen Leopold Altmann-Babzien zu berichten?«

»Ja, ich kenne sein Ende. Kurz nach den Reifeprüfungen im Jahr 1848 hat es im Spätsommer auf dem Gut Drücklershöfchen ein großes Feuer gegeben. Sämtliche Wohngebäude sowie alle Scheunen und Ställe sind bis auf die Grundmauern niedergebrannt. Bis auf eine Ausnahme ist der gesamte Zweig des Grafen von Schlagenthin in den Flammen gestorben. Lediglich der Sohn Heinrich hat überlebt, weil er an diesem Tag nicht zu Hause war. Von der Familie Altmann-Babzien ist niemand davongekommen, auch nicht Leopold. Es war ein furchtbare Tragödie.«

»Sprachen Sie eben von einem Grafen von Schlagenthin und dessen Sohn Heinrich?«

»Ja, warum?«

»Was ist aus dem Sohn geworden?«

»Er soll zu Verwandten in Norddeutschland gegangen sein, wurde erzählt.«

»Seltsam, der Sekretär des Reichskanzlers heißt so.«

»Sehen Sie, die Welt ist ein Dorf. Jeder kennt jeden.«

*

Louis von Angern und Paul Bärenzung saßen in der Marktschänke von Thorn beim Abendbrot. Es herrschte ein geschäftiges Treiben. Der Saal fasste an die Hundert Leute, und es gab kaum freie Plätze. Die vier Kellnerinnen, allesamt dralle Weibspersonen mit überquellenden Miedern, hatte alle Hände voll zu tun.

Die beiden Kriminalbeamten warten schon seit gut dreißig Minuten auf ihr Essen, obwohl sich jeder nur eine einfache Kartoffelsuppe mit Brot bestellt hatte. Aber es gab keinen Grund zur Eile. Der Zug ging erst in zwei Stunden, und zum Glück waren die Bierkrüge schon gebracht worden.

Die beiden Männer schwiegen sich an. Die neuen Erkenntnisse waren zu niederschmetternd gewesen. Schließlich brach Paul Bärenzung das Schweigen. »Was halten Sie von der Hypothese, dass nicht die gesamte Familie Altmann-Babzien Opfer des Feuers geworden ist? Vielleicht hat nicht nur Heinrich, sondern auch Leopold überlebt?«

»Möglich ist alles, aber wenig wahrscheinlich. Wir können mit ziemlicher Sicherheit davon ausgehen, dass sich Oscar von Kröchlendorf die Duplikate der Relegationsurkunden schon lange vor dem Feuer beschafft hat. Anschließend hat er beide Dokumente aus Gründen der Pietät behalten. Da Leopold Altmann-Babzien inzwischen schon seit über vierzig Jahren tot ist, konnte ihn Simon Landshoff nicht aufspüren. Und wir sind ebenso wie er gescheitert.«

»Aber wer ist dann der große Unbekannte, wenn nicht Leopold Altmann-Babzien? Weshalb hat er erst versucht, den Richter zu schützen, und ihn dann umgebracht?«

Louis von Angern runzelte die Stirn. »Die Antwort werden wir schon noch finden. Offensichtlich war das Leben der beiden eng verbunden. Wenn der eine fiel, würde auch der andere fallen. Wir müssen, sobald wir wieder in Berlin sind, das gesamte Privatleben des Richters unter die Lupe nehmen. Wir stehen kurz davor, den Fall aufzuklären. Der Mörder ist sichtlich nervös geworden. Ich glaube nämlich nicht daran, dass es sich bei dem Vorfall mit der Kutsche um einen Unglücksfall gehandelt hat. Ich denke, der Unbekannte ist inzwischen zu allem entschlossen. Und da er sich offenkundig hier in der Gegend herumtreibt, sind wir die Nächsten, die auf seiner Abschussliste stehen.«

»Diese Schlussfolgerung liegt zwar auf der Hand, aber sie gefällt mir ganz und gar nicht«, erwiderte der Kommissar. »Das bedeutet in kurzen Worten, dass wir die Augen offen halten und zusehen müssen, so schnell wie möglich heil wieder von hier wegzukommen.«

Von Angern stimmte ihm zu: »Da haben Sie völlig recht. Sobald ich in Berlin bin, werde ich den Grafen von Schlagenthin fragen, ob er noch Erinnerungen an die damalige Zeit hat.

Aber sagen Sie mal selbst, mein lieber Bärenzung, ist das nicht ein seltsamer Zufall, dass der Sekretär des Reichskanzlers aus demselben obskuren Kaff stammt wie dieser skrupellose Gymnasiast?«

Paul Bärenzung stand auf und sagte: »In der Tat. Aber bitte entschuldigen Sie mich für einen Moment. Mich quält ein menschliches Bedürfnis.« Er quetschte sich durch das Gewühle und ging in Richtung Hof, weil er dort den Misthaufen vermutete.

Louis von Angern bekam nun langsam Hunger. Er sah, wie sich an der Durchreiche zur Küche die dampfenden Schüsseln stapelten. Aber die Kellnerinnen kamen kaum hinterher, sie aufzutragen. Als der Kommissar vom Hof zurückkehrte, handelte er ganz pragmatisch, indem er sich selbst zwei Suppenschüsseln griff und sie zum Tisch balancierte.

Kurz darauf kam die Bedienung. Sie brachte allerdings nicht noch zwei Suppen, sondern zwei Gläser Schnaps. »Vielen Dank, dass Sie mir die Arbeit abgenommen haben«, sagte die Kellnerin im völligen Ernst und ohne den geringsten Tadel. »Der Kümmel ist von dem Herrn dort hinten. Huch, jetzt ist er weg. Eben war er noch da. Er ist wie ein Landmann gekleidet. Egal. Prost wünsche ich.«

Paul Bärenzung wollte den Schnaps schon hinunterkippen, da hielt ihn von Angern am Arm fest. »Wer könnte uns hier wohl einen Kümmel spendieren? Mir fällt da nur ein Name ein. Also kipp das Zeug weg, ehe es uns die Cholera an den Leib hext.«

Die Ritzen in dem Dielenfußboden waren breit genug, den Schnaps aufzusaugen. Die beiden Kriminalbeamten bezahlten und gingen hinaus auf die Straße.

Draußen herrschte eine sternenklare Nacht. Die Sonne war vor über einer Stunde untergegangen. Obwohl es erst auf neun Uhr ging, schienen die Straßen schon wie leergefegt zu sein. Offensichtlich hielten sich alle Thorner Bürger, die noch nicht zu Bett gegangen waren, in der Marktschänke auf. Es brannten nur einige wenige Gaslaternen.

Plötzlich trat aus dem Schatten eine Gestalt und kam auf die beiden zu. Von Angern fasste nach seinem Revolver. Auch der Kommissar hielt seine Waffe griffbereit.

Die Gestalt sprach mit heiserer Stimme: »Ich bin der Appuhn, Richard. Ich hatte den Herrschaften vorhin den Schnaps spendiert. Ich hoffe, er ist Ihnen wohl bekommen. Ich bin nicht an den Tisch gekommen, weil ich Sie nicht in Ihrem Gespräch stören wollte.«

Von Angern nahm den Fremden näher in Augenschein. Er war

wie ein Bauer gekleidet, ihm aber völlig unbekannt. »Wer sind Sie, guter Mann? Muss ich Sie kennen?«

»Nein, weiß Gott nicht, wir sind uns noch nie begegnet. Aber ich hatte schon einmal die Ehre, Ihren Begleiter, den Herrn Kommissar, treffen zu dürfen. Ich war in der Reichshauptstadt auf dem Markt und bin ausgeraubt worden. Der Herr Kommissar hat mir binnen zwei Tagen mein Eigentum zurückverschafft. Dafür bin ich ihm zu ewigem Dank verpflichtet.«

»Ich habe nur meine Pflicht getan. Und wenn Sie das nächste Mal nach Berlin fahren, Appuhn, Richard, passen Sie etwas besser auf sich auf. Die Großstädter sind zwar für ihr gutes Herz bekannt, aber leider gibt es auch einige wenige Ausnahmen.«

»Gewiss, gewiss«, antwortete der Landmann. »Ich wünsche den Herrschaften noch einen schönen Abend.«

»Gleichfalls, gleichfalls.«

Auf der Promenade an der Stadtmauer roch die Luft nach Wald und nach Blumen. Von Angern atmete tief durch. »Einen solchen Ozon vermisse ich in der großen Stadt Berlin mit ihren vielerlei Ausdünstungen.«

Plötzlich näherte sich von hinten ein Landauer mit großem Tempo. Er war nicht beleuchtet, und der Wagenlenker nicht mehr als ein Schemen. Bärenzung riss den Kriminalinspektor zur Seite. Das Gefährt preschte vorbei. Nun wurde der Mann auf dem Kutschbock sichtbar. Es war ein Ulan. Aus der offenen Kutsche heraus winkten ihnen mehrere Soldaten mit betrunkenem Gegröle zu.

»Lange halten das meine Nerven nicht mehr aus«, sagte der Kommissar. Im selben Moment fiel ein Schuss. Bärenzung spürte, wie die Kugel dicht neben seinem rechten Ohr vorbeizischte.

»Runter!«, schrie von Angern und riss den Kommissar zu Boden. Auf allen vieren krochen die beiden Kriminalbeamten hinter eine Baumgruppe.

»Der Schuss wurde oben von der Stadtmauer aus auf uns abgefeuert, und zwar aus einem Gewehr. Der Heckenschütze hat sich links neben dem Turm verschanzt. Aber ebenso wenig, wie wir ihn sehen, kann er uns erkennen. Das gilt jedenfalls, solange wir in Deckung bleiben. Wir unternehmen jetzt Folgendes«, ordnete der Kriminalinspektor an. »Ich schlage mich seitlich in die Büsche und mache einen großen Bogen. Sobald ich weg bin, feuern Sie einen Schuss ab. Danach müssen Sie sich einen Meter weit nach links oder rechts rollen, denn der Schurke wird sofort zurückschießen. Dieses Spiel wiederholen Sie alle ein, zwei Minuten. Verstanden?«

»Jawohl!«

»Dann los.« Von Angern robbte ein paar Meter durch das Unterholz, dann richtete er sich auf und rannte im Zickzack los. Doch ihr Widersacher schien von diesem Manöver nichts mitbekommen zu haben, denn der Kriminalinspektor geriet nicht unter Beschuss.

Nach etwa sechzig Metern hatte er die Stadtmauer erreicht. Er lief sie entlang, bis er an einen Durchgang kam. Er schlüpfte hindurch und stieg eine Treppe zum Wehrgang hinauf. Oben zog er seine Stiefel aus und schlich auf Strümpfen weiter. Der Kommissar hielt sich unverzagt an die Vereinbarung und feuerte hin und wieder einen Schuss ab. Ihr mordlüsterner Gegenspieler antwortete im gleichen Rhythmus.

Schließlich sah von Angern etwa zwanzig Meter von sich das Mündungsfeuer des Gewehrs aufblitzen. Der Kriminalinspektor zog den Webley Bulldog heraus. Für einen gezielten Treffer war die Entfernung zu groß, aber eine bessere Gelegenheit würde sich nicht ergeben. Er packte den Revolver fest mit beiden Händen, atmete tief ein, hielt die Luft an und zielte auf das schwarze schemenhafte Bündel, das vor einer Schießscharte kauerte. Der Schuss brach. Ein spitzer Aufschrei war zu hören.

8. Vergeltung

Die Umkehr, hart wie sie war, hätte wenig zu bedeuten gehabt, wenn sie ehrlich gemeint gewesen wäre. Aber sie war nicht ehrlich gemeint und konnte es nicht sein.
Theodor Fontane, *Andreas Fromm*

BERLIN, 13. APRIL 1893

Louis von Angern hatte am Schlesischen Bahnhof eine Droschke genommen und war auf direktem Weg nach Hause in die Potsdamer Straße gefahren. Er stand unter Hochdruck. Deshalb hatte er nur drei, vier belanglose Worte mit seiner Gattin gewechselt und sich kurz frisch gemacht. Dann war der Polizist zu seinem Freund Fontane hinaufgestiegen, trotz dieser ungewöhnlich frühen Stunde am Vormittag. Die Uhr zeigte gerade erst die achte Stunde an. Es gab einiges zu besprechen, was keinen Aufschub duldete.

Doch der Kriminalinspektor kam zu einem unpassenden Zeitpunkt. Der Dichter litt unter heftigen Zahnschmerzen. Seine linke Backe war dick angeschwollen und blaurot verfärbt. »Isch kann jedsch nischt schbreschen und schon gar nischt denken. Sie müschen schpäter wiederkommen.«

Fontanes Tochter geleitete den Gast wieder zur Tür. »Es tut mir sehr leid, und ich muss mich für meinen Vater entschuldigen. Papa fürchtet nichts auf der großen weiten Welt – außer dem Dentisten. Deshalb hat er ein großes Problem ständig vor sich hergeschoben. Es handelt sich um einen vereiterten Backenzahn, der schon seit Wochen puckert. Papa hat tütenweise eine Mischung aus geriebenem indischem Hanf, Stechapfel, Bilsenkraut und Schierling geschluckt. Nun hilft selbst das Einreiben mit Gewürznelkenöl nichts mehr. Das scharfe Brennen steigert den Schmerz eher noch. Ich habe nach einem approbierten Zahnarzt geschickt. Sobald er sein Werk vollendet hat und sich mein Herr Papa etwas erholen konnte, werde ich nach Ihnen schicken. Versprochen.«

Von Angern ging zurück in seine Wohnung. Er saß wie auf Kohlen, aber er konnte nichts ändern. Bevor er handelte, mussten einige grundlegende Fragen geklärt werden.

Therese war hocherfreut, ihren Gemahl so bald wiederzusehen. Es gab vielerlei zu bereden. Sie zerrte ihn in die Küche, drückte ihn auf einen Stuhl, setzte sich daneben und plapperte los wie ein Wasserfall: »War die Reise schön? Wie lange seid ihr gefahren? Wo habt ihr überall Station gemacht? Hast du viel erlebt? Wie war das Wetter? Hattet ihr ein ordentliches Hotel? Ich würde auch gerne einmal wieder nach Ostpreußen fahren. Die Landschaft ist dort so pittoresk. Wie ist es dir gelungen, dich so schmutzig zu machen? Die Flecken aus deinem Anzug werde ich nie ganz herausbekommen. Hast du dich gut erholt?«

Von Angern versuchte mehrfach vergeblich, eine dieser vielen Fragen zu beantworten. Doch bevor er zu Wort kommen konnte, prasselte bereits die nächste Frage auf ihn ein.

»Wie sind die Menschen in Ostpreußen gekleidet? Haben sie eine eigene Mode?« Therese von Angern sprang auf. »Was mache ich nur, was mache ich nur? Ich rede und rede und lasse meinem armen Mann keine Zeit zum Luftholen. Aber du glaubst gar nicht, was hier inzwischen alles passiert ist. Die Ereignisse haben sich förmlich überschlagen. Eine Katastrophe jagte die andere. Es begann damit, dass der Milchmann nicht geliefert hat. Stell dir das bloß einmal vor. Der Bursche wird regelmäßig bezahlt und bekommt ein ordentliches Trinkgeld obendrein. Und dann, wenn es darauf ankommt, liefert er nicht. Ich wollte einen Rührkuchen backen. Nun werde ich nachher zum Hofkonditor schicken müssen, damit wir zum Kaffee etwas Ordentliches auf dem Tisch haben. Ich dachte an kandierte Früchte, englische Biskuits und Zuckerwerk. Was meinst du dazu?«

»Auf mich wurde geschossen.«

»Nein, du irrst dich, unsere Tochter ist schon seit langem nicht mehr in diesen Flugmenschen verschossen.«

»Auf mich wurde geschossen.«

»Ich weiß, mein Schatz.« Thereses Stimme wurde milder. »Wie könnte ich das je vergessen. Du hast im Lazarett gelegen, und ich habe dich gesund gepflegt. Aber was hat das mit dem Milchmann zu tun?«

»Auf mich wurde gestern in Ostpreußen geschossen. Mit einem Gewehr.«

»Das ist ja schrecklich. Und ich dachte, die Leute dort wären nett zu Reisenden.«

In diesem Moment öffnete sich die Küchentür, und Trauthelm kam herein. »Papa, das ist ja prima, dass ich dich treffe. Du musst mir einen geringfügigen Gefallen tun. Ich benötige dringend ein paar Kleinigkeiten. Ich muss mir ein Florett zum Stoßfechten, ein Rapier zum Hiebstoßfechten und einen Ehrendegen für die Aufmärsche kaufen. Ach so, ja natürlich, der Korbschläger kommt auch noch dazu. Ohne ihn geht es nicht, er ist Kommentwaffe. Außerdem brauche ich schwarze Stiefel, weiße Hosen, eine Schärpe und einen abgesteppten Paukerwichs. Die Stiefel und die Hose müssen neu sein. Der Paukerwichs kann sich bereits im Gebrauch befunden haben. Weißt du, es macht einen besseren Eindruck auf dem Fechtboden, wenn er schon ein paar Löcher von

Degenstichen und etliche eingetrocknete Blutflecke aufzuweisen hat. In dieser Woche lerne ich das Battieren und Stringieren. Ist das nicht toll?«

Als Nächstes erschien Florentine. Ihr hübsches Gesicht war völlig verquollen.

»Was ist los mit dir? Ich denke, die Sache mit dem Luftikus gehört der rühmlichen Vergangenheit an?«

»Welcher Luftikus? Ach, du meinst Lilienthal. Papa, wo lebst du denn? Das ist doch Schnee von gestern.« Florentine begann zu schluchzen. »Nein, ich will mir die Haare blond färben lassen, und die Mama hat es verboten.«

»Du hast wunderschöne rotbraune Locken. Wie kommst du auf die Idee, dass dir blonde Haare besser stehen würden?«

»Nordrun Raven ist strohgelb. Die Männer liegen ihr zu Füßen.«

»Wer ist Nordrun Raven?«

»Papa, du hast überhaupt keine Ahnung. Nordrun Raven ist die berühmteste Chanteuse der Welt. Sie tritt in allen großen Häusern Europas auf, und sämtliche Männer von Moskau bis Paris liegen ihr zu Füßen. Ihr Lied ›Canzonette Napoletane‹ wird überall gesungen. Ein Varietéprogramm ohne diese Melodie wäre selbst im letzten Ramschladen im Nachtjackenviertel völlig undenkbar.«

»Ich denke, du willst Ärztin werden. Außerdem sind die meisten Chansonnièren dunkelhaarig, so wie du.«

»Das sage ich ja. Rotbraun ist gewöhnlich, blond hingegen extraordinär. Alle meine Freundinnen haben bereits ihre Haare färben lassen.«

»Dann sei doch heilfroh, dass du noch aus der Reihe tanzt. Auf diese Weise hebst du dich wohltuend von der großen Masse ab. Nur Individualisten schaffen es bis an die Spitze.«

Die Gespräche in der Familie von Angern setzten sich noch eine ganze Weile in dieser Art fort. Das Familienoberhaupt war heilfroh, als um zehn Uhr endlich Mete erschien und ihn wieder mit nach oben nahm.

Theodor Fontane wirkte immer noch schwer angeschlagen. Aber er konnte wieder normal sprechen, und die Schwellung war zurückgegangen. »Dieser verdammte Zahnreißer hat mich eines weiteren Backenzahns beraubt. Bald werde ich als beißerloser Greis nur noch Hafergrütze mümmeln können.«

»Du bist selbst schuld, Papa«, wies ihn seine Tochter in strengem Ton zurecht. »Wenn du sofort einen Dentisten konsultiert hättest, als das Leiden begann, wäre der Zahn vielleicht noch zu retten gewesen.«

»Hinaus, du vorlautes Ding«, meinte Fontane und wies zur Tür. »Hier wollen erwachsene Männer ernsthafte Gespräche führen.«

Mete warf den Kopf in den Nacken, machte laut »Pah!« und verschwand nach draußen.

»Ein Glück, mein lieber von Angern, dass Sie solche braven und wohlgeratenen Kinder haben, die Ihnen nur Freude bereiten.«

Der Kriminalinspektor enthielt sich wohlweislich jeglichen Kommentars und begann sogleich mit der Schilderung der Reiseerlebnisse. Er sparte kein Detail aus, so unwichtig es auch erscheinen mochte. Nach einer guten halben Stunde endete er. »Mehr fällt mir zunächst nicht ein.«

»Lassen Sie mich eine Weile nachdenken«, meinte Fontane, lehnte sich zurück und schloss die Augen. Allerdings massierte er nicht seine Schläfen. Dann richtete er sich auf und konstatierte: »Ich denke, Ihre Schlussfolgerungen sind falsch. Wie ich schon sagte, glaube ich nicht an Zufälle, und in dieser Geschichte gibt es einige dieser unwahrscheinlichen Schicksalsfügungen zu viel.

Meine Theorie lautet folgendermaßen: Leopold Altmann-Babzien war schon als Heranwachsender ein skrupelloser Erfolgsmensch, der alles daransetzte, seine niedere Herkunft zu überwinden. Als er relegiert wurde, wusste er, dass sein Leben – ganz im

Gegensatz zu dem seines Kameraden Emil von Frankenberg-Ludwigsdorf – vorbei war. Emil stammte aus einem begüterten Elternhaus. Die Schulentlassung würde seine Karriere verzögern, aber nicht beenden. Leopold hingegen hatte niemanden, der die schützende Hand über ihn hielt. Ein zweites Stipendium, und damit eine zweite Chance, würde er nie erhalten.

Für Leopold gab es nur eine erkennbare Lösung des Problems: Er musste mit einer anderen Person die Rollen tauschen. Deshalb hat er die gesamte Familie von Schlagenthin umgebracht, und seine ungeliebten Eltern gleich mit. Anschließend ist er in die Lebensstellung des Heinrich geschlüpft, der offensichtlich in einem ähnlichen Alter gewesen sein muss. Von dieser Verwandlung müssen noch zwei weitere Menschen gewusst haben, und zwar Emil von Frankenberg-Ludwigsdorf und Oscar von Kröchlendorf. Die drei bildeten eine verschworene Gemeinschaft, jedenfalls bis vor kurzem.«

»Wie kommen Sie darauf?«, wollte von Angern wissen.

»Weil sie zusammen nach Berlin gegangen sind. Sie haben sich gegenseitig protegiert. Die Macht der Ringe mit den gekreuzten Waffen hat sie zusammengeschweißt.«

»So weit kann ich folgen. Alles änderte sich von dem Tag an, als der Richter erpresst wurde. Leopold Altmann-Babzien begriff, dass er von Kröchlendorf nicht länger trauen konnte. Deshalb hat er gründlich aufgeräumt. Ihm war das Risiko zu groß geworden. Doch was fangen wir mit diesem Wissen an? Es gibt nicht die Spur eines Beweises.«

»Ach was, Unsinn. Sie halten den Faden in der Hand und können nun damit beginnen, die Garnrolle abzuspulen. Der angebliche Graf von Schlagenthin wird bald in Beweisnot geraten. Ihnen hat er beispielsweise weisgemacht, dass der Reichskanzler im Namen des Kaisers auf eine schnelle Verurteilung des Mörders Landshoff gedrungen habe. Ähnlich wird es bei Hugo von Beguelin abgelaufen sein. Nur indem Leopold Altmann-Babzien den Namen des Kaisers ins Feld führte, kann er den Staatsanwalt dazu bewegt haben, den Angeklagten mit einem fingierten Handel hereinzulegen. Sobald der Reichskanzler erfährt, was er angeblich angeordnet haben soll, steht sein Sekretär mit dem Rücken an der Wand. Und wie will von Schlagenthin schließlich und endlich das angeblich abgelehnte Gnadengesuch rechtfertigen?«

»Wohl wahr, wohl wahr«, stimmte ihm von Angern zu. »Außerdem wird Leopold Altmann-Babzien fraglos für die Zeit, als der Richter ermordet wurde, kein Alibi vorweisen können. Noch entscheidender ist: Wie will er seine Abwesenheit von Berlin am gestrigen Tag erklären?«

»Vergessen Sie nicht die angebliche Hausdurchsuchung im Zimmer des Untermieters Seepolt. Was will er zu seiner Verteidigung vortragen, wenn die Wirtin in ihm den angeblichen Polizisten wiedererkennt? Dann bricht das ganze Kartenhaus zusammen.«

»Aber wie soll ich nun am besten verfahren?«

»Wie vermehren sich Igel?«

»Keine Ahnung.«

»Ganz vorsichtig. Und Sie müssen noch viel behutsamer vorgehen, damit Sie nicht zum Bauernopfer werden.«

*

Der Kriminalinspektor musste den Dienstweg einhalten. Alles andere wäre viel zu riskant gewesen. Deshalb hatte er sich um zwölf Uhr einen Termin beim Polizeipräsidenten geben lassen.

Bernhard Freiherr von Richthofen, ein ehemaliger Landrat, war zehn Jahre älter als Louis von Angern. Er galt als abweisend, introvertiert und phlegmatisch. Bei seinen Untergebenen hatte er keinen guten Ruf. Seinen Posten sollte er angeblich aus rein politischen Gründen erhalten haben. Aber es half alles nichts. An ihm führte in dieser heiklen Angelegenheit kein Weg vorbei.

»Mein lieba von Angern, ick hoffe in seinem eijenen Interesse, det dis tatsächlich wichtich is. Ick habe nämlich wat Besseres zu tun, als mir irjendwelchen Quark oda Jenörjel von meine Leute anzuhören.«

Der Kriminalinspektor hatte sich vorher einen schriftlichen Konspekt ausgearbeitet, um sich nicht zu verhaspeln, nichts Wichtiges zu vergessen und die richtige Reihenfolge einzuhalten. Alles war so kurz wie möglich gehalten, um die Geduld des Freiherrn nicht über Gebühr zu strapazieren.

Der Polizeipräsident hörte sich die ganze Geschichte von vorne bis hinten an. Sein Gesicht wurde mit der Zeit immer missmutiger. Schließlich sagte er: »Ick will mit dem Mumpitz nüscht zu tun haben. Jehn Se am besten jleich zum Reichskanzler. Aba wenn die Sache schiefjehn tut, hab ick von nüscht jewußt. Is dette klar!«

Von Angern nahm Haltung an, salutierte und antwortete: »Jawohl, Herr Polizeipräsident. Gestatten Sie, dass ich wegtrete.«

»Jenehmigt.«

*

Nachdem diese wichtige Hürde erfolgreich genommen war, folgte nun als nächster Ansprechpartner der Reichskanzler persönlich. Von Angern hatte lange darüber nachgedacht, wie er dessen persönlichen Sekretär übergehen konnte. Dann war ihm der Zufall zu Hilfe gekommen. Aus der Zeitung hatte er erfahren, dass für ein Uhr mittags eine Sitzung des Reichstags anberaumt worden war. Das Parlamentsgebäude befand sich in der Leipziger Straße. Die Tagesordnung war nur kurz. Es ging um eine Interpellation zum Tabakanbau, Rechnungssachen, Übersichten über Einnahmen und Ausgaben sowie um die zweite Beratung zum Entwurf des Wuchergesetzes.

Von Angern wusste aus eigenem Erleben, dass der Reichskanzler hin und wieder bei Themen, die ihn nicht direkt betrafen, die Sitzung zu verlassen pflegte, um im Wandelgang eine Zigarre zu rauchen. Sein Sekretär hingegen musste am Tisch sitzen bleiben und das Protokoll führen.

Der Reichskanzler hieß mit vollem Namen Georg Leo Graf von Caprivi de Caprera de Montecuccoli. Er stammte aus einer preußischen Offiziersfamilie und war im Deutsch-Französischen Krieg Generalstabschef gewesen. Vor seiner Berufung zu Reichskanzler hatte er es noch bis zum Marinechef gebracht. Er war ein weißhaariger, drahtiger Mann und trug einen buschigen Schnauzbart.

Leo Graf von Caprivi stellte das Gegenteil des Polizeipräsidenten dar. Er war ein energischer, entschlussfreudiger und gradliniger Mann. Deshalb ruhte auf ihm die gesamte Hoffnung des Kriminalbeamten. Wenn ihm der Reichskanzler nicht helfen würde, konnte ihn selbst Gott nicht mehr retten.

Dank seiner Polizeimarke kam von Angern problemlos in das Parlamentsgebäude. Er stieg hinauf bis zur Wandelhalle, legte seinen Mantel ab und setzte sich in einen der Armsessel. Von einem livrierten Parlamentsdiener ließ er sich eine Tasse Kaffee bringen. Dann wartete er geduldig. Um kurz nach zwei Uhr sprang eine Tür auf, und Leo von Caprivi kam in Begleitung von zwei Parlamentariern heraus, die eifrig auf ihn einredeten.

Von Angern hatte keine Wahl. Eine zweite Chance würde er nicht bekommen. Also trat er auf die Gruppe zu und unterbrach das Gespräch: »Eure Exzellenz, entschuldigen Sie bitte die Störung. Ich bin Kriminalinspektor im königlich-preußischen Polizeipräsidium und muss Sie in einer Sache von größter Wichtigkeit sprechen. Die Angelegenheit duldet keinen Aufschub.«

Der Reichskanzler erwiderte: »Ich kenne Ihn. Wir sind uns schon einmal begegnet. Nur deshalb gebe ich Ihm fünf Minuten. Aber enttäusche Er mich nicht, sonst werde ich beim Freiherrn von Richthofen um Seine Entlassung nachsuchen.«

Die beiden gingen in einen separaten Besprechungsraum. Die zwei Parlamentarier blieben mit langen Gesichtern in der Wandelhalle zurück.

Von Angern erzählte in Kurzform die gesamte Geschichte.

Leo von Caprivi hörte aufmerksam zu, ohne ihn ein Mal zu unterbrechen. Nachdem der Kriminalinspektor verstummt war, fragte er: »Was will Er nun von mir?«

»Sagen Sie es mir, Exzellenz.«

»Nehmen wir einmal an, es stimmt, was Er sagt, so unwahrscheinlich es auch klingen mag. Heinrich Graf von Schlagenthin ist mein persönlicher Sekretär. Als solcher wird er niemals, ich betone ausdrücklich *niemals*, vor Gericht gestellt werden.«

»Das ist mir voll und ganz bewusst, Exzellenz. Deshalb habe ich dieses Gespräch gesucht, um eine vernünftige Lösung im Sinne aller Beteiligten, und zwar der Lebenden wie der bereits Toten, zu finden.«

»Gut, das ehrt Ihn. Als Erstes brauche ich Beweise, keine Indizien, handfeste Beweise.«

»Noch habe ich keine stichhaltigen Belege, Eure Exzellenz, aber wenn Sie mir die Erlaubnis geben, die entsprechenden Ermittlungen anzustellen, kann und werde ich sie beschaffen.«

»Mag Er ermitteln, mag Er ermitteln, aber diskret. Sobald ein Sterbenswörtchen nach außen dringt, beschließt Er den Rest seiner Tage als Polizeiwachtmeister in diesem Gum… Gum…«

»Gumbinnen, Eure Exzellenz.«

»Meine Rede, Gumbinnen.«

In diesem Moment ging die Tür auf, und Heinrich Graf von Schlagenthin kam hereingeeilt. Er ließ sich seine Überraschung kaum anmerken, den Kriminalinspektor in einem Gespräch mit dem Reichskanzler anzutreffen, sondern sagte so gleichmütig wie möglich: »Die Sitzung wurde vorzeitig beendet, Eure Exzellenz. Guten Tag, Herr von Angern. Welche Freude, Sie zu sehen.«

»Der Herr Kriminalinspektor hat mir soeben berichtet, dass Sie in Wirklichkeit Leopold Altmann-Babzien heißen und bereits eine stattliche Anzahl von Morden begangen haben«, stellte der Graf von Caprivi ganz beiläufig fest.

Der Sekretär lachte gekünstelt. »Mit solchen Dingen sollte man keine Scherze treiben.«

»Ach was, mein lieber von Schlagenthin, das war doch nur Spaß«, meinte der Reichskanzler jovial und boxte seinem Sekretär scherzhaft gegen den rechten Oberarm.

Von Schlagenthin stieß einen spitzen Schmerzensschrei aus und wurde aschfahl im Gesicht.

»Ist Ihnen nicht gut?«, fragte von Caprivi besorgt.

»Nein, es ist nichts, nur eine Lappalie. Ich habe mich vorhin ungeschickt angestellt und mich an einer Kante gestoßen«, erwiderte sein Sekretär mit schmerzverzerrter Miene.

»Oh, das tut mir aber leid. Lassen Sie mich doch bitte einmal sehen. Legen Sie Ihren Frack ab. Während meiner aktiven Dienstzeit habe ich nützliche Erfahrungen als Feldscher sammeln können. Daher weiß ich, dass man eine Blutgeschwulst nicht unterschätzen darf. Sie kann unbehandelt einen Pfropfen bilden, der hinauf bis ins Gehirn wandert und dort einen Schlag hervorruft.«

»Es geht mir gut, wirklich. Sie können völlig unbesorgt sein.«

»Ziehen Sie auf der Stelle Ihren gottverdammten Frack aus, oder es passiert ein Unglück«, brüllte der Reichskanzler wütend.

Durch den Lärm aufgeschreckt steckte ein Parlamentswächter seinen Kopf zur Tür herein. »Ist alles in Ordnung, Eure Exzellenz?«

»Hier ist verdammt noch mal gar nichts in Ordnung«, schrie von Caprivi erbost. »Stell Er sich draußen vor die Tür und bewache Er den Eingang. Niemand betritt den Raum ohne meine ausdrückliche Erlaubnis.«

Der Wächter verschwand und verschloss hinter sich die Tür. Von Schlagenthin machte noch immer keine Anstalten, den Frack auszuziehen. Im nächsten Augenblick verpasste ihm der Reichskanzler einen wuchtigen Faustschlag auf dieselbe Stelle wie vorhin. Der Graf kreischte in den höchsten Tönen, taumelte zurück und hielt sich den rechten Arm. Die Manschette färbte sich rot. Blut tropfte auf den Boden.

Von Caprivi meinte: »Wir können das Spiel noch eine Weile weiter fortsetzen.« Dann holte er zum nächsten Hieb aus.

Der Sekretär flehte: »Bitte nicht mehr schlagen.« Dann zog er seinen Frack aus. Die gesamte rechte Hemdseite war inzwischen tropfnass von Blut.

»Der leichte Stoß an der Kante hatte ziemlich ernste Folgen«, meinte der Reichskanzler höhnisch. »Für mich als alten Militär sieht das eher nach einem glatten Durchschuss aus.«

Leopold Altmann-Babzien alias Heinrich Graf von Schlagenthin ließ resigniert den Kopf hängen. Von Angern schwieg. Beide zitterten am ganzen Körper vor Erregung. Der eine vor Schmerz und vor Angst, der andere vor Exaltation und vor unterdrückter Wut.

Graf von Caprivi stapfte wütend auf und ab. Nach einer Weile blieb er vor seinem Sekretär stehen und blickte ihm voller Abscheu ins Gesicht. »Sie wurden bereits als mein Nachfolger gehandelt. Daraus wird nun nichts mehr werden. Ich habe eine gute und eine schlechte Nachricht für Sie. Die gute Nachricht lautet: Sie werden nicht vor Gericht gestellt werden. Es wird noch nicht einmal eine Untersuchung geben. Sie brauchen auch kein Geständnis abzulegen. Das alles interessiert mich nicht die Bohne.

Nun kommt die schlechte Nachricht: Der Kriminalinspektor und ich werden jetzt den Raum verlassen. Sie haben fünf Minuten Zeit, um den Ehrentod eines deutschen Offiziers zu wählen. Sie führen doch sicherlich eine Schusswaffe bei sich?«

Der Sekretär nickte schweigend.

»Wenn Sie in fünf Minuten immer noch unter den Lebenden weilen sollten, kehrt der Kriminalinspektor zurück und macht kurzen Prozess mit Ihnen.«

Draußen vor der Tür fragte von Angern den Reichskanzler: »Exzellenz, woher wussten Sie von der Schussverletzung?«

»Ich habe im Krieg mehr als genug Verwundete gesehen. Ich weiß, wie sie sich verhalten, ich weiß, wie sie sich bewegen. Mein Sekretär kam mir schon den gesamten Tag über nicht koscher vor. Ich hatte einen Ehrenhandel vermutet und habe nicht nachgefragt, um ihn nicht in Bedrängnis zu bringen.«

Gleich darauf fiel der Schuss.

Von Angern erkundigte sich beim Reichskanzler: »Eure Exzellenz, was wäre geschehen, wenn sich Ihr Sekretär nicht selbst gerichtet hätte? Wäre es dann tatsächlich an mir gewesen, ihn zu erschießen?«

Graf von Caprivi antwortete: »Blödsinn, selbstredend nicht. Er hätte mir zunächst unwiderlegbare Beweise liefern müssen. Aber glücklicherweise ist mir von Schlagenthin auf den Leim gegangen. Auf diese Weise hat sich das Problem von ganz allein gelöst.«

*

Conrad Ackermann kaute an einem seiner grässlichen schwarzen Stumpen herum und begutachtete die Neuzugänge. »Unser Etablissement wird immer nobler. Wir haben hier einen Teil des edelsten deutschen Hochadels versammelt«, sagte er zu seinem Assistenten. »Der würdige Herr dort links außen ist der ehrenwerte Richter am Landgericht Emil von Frankenberg-Ludwigsdorf. Der Bursche in der Mitte passt allerdings nicht dazu. Er ist nur ein gewöhnlicher Verbrecher. Aber bei dem Herrn rechts außen handelt es sich um keinen Geringeren als den Grafen von Schlagenthin, seines Zeichens persönlicher Sekretär des Reichskanzlers.

Doch nun sind sie alle drei mausetot. Der gewöhnliche Schurke auf ewig vereint mit den edelsten Männern des deutschen Volkes. Damit hat sich das alte Sprichwort bewahrheitet: In Preußen kommen auf drei wackere Männer ein Spitzbube, ein Filou und ein Bösewicht.

Komm, mein Junge, darauf trinken wir einen. Ich nehme ein Gläschen aus der durchscheinenden Flasche, du darfst dich an dem Inhalt des Steinkrugs laben.«

Der Leichenbeschauer und sein Adjunkt prosteten einander zu. Im nächsten Moment brandete eine Welle der Übelkeit durch den Magen Conrad Ackermanns. Er musste mehrfach rülpsen, dann lag sein halbverdautes Frühstück auf dem Fußboden. Ein kalter Schweißfilm bedeckte die Stirn des Leichenbeschauers. Sein Blutdruck raste in den Keller. Conrad Ackermann stand kurz vor einer Ohnmacht. Er schleppte sich mit letzter Kraft zu einem Schemel und ließ sich darauf niederplumpsen.

»Meister, ist Euch nicht wohl?«, fragte Robert Jorbandt mit einem verschmitzten Lächeln auf den Lippen.

»Was hast du angerichtet, du verdammter Teufelsbraten?«, insistierte sein Chef mit schwacher Stimme.

»Ich habe gelesen, dass gewässerte Steinkrüge ihren Inhalt angenehm kühlen. Zu Eurer Bequemlichkeit habe ich die beiden Flüssigkeiten umgefüllt. Ich bin doch noch ein Eleve ganz am Anfang meiner Karriere. Für mich reicht ein handwarmer Schnaps völlig aus. Doch für meinen großen Lehrmeister ist das Beste vom Besten gerade gut genug.«

»Komm her, mein Junge, und hilf mir auf«, entgegnete der Leichenbeschauer. »Ich will mir mein Gesicht benetzen. Mich deucht, im Gegensatz zu unseren drei Gästen hast du eine große Zukunft vor dir.«